Anne-Charlotte Laugier

Journal d'une pétasse confinée

roman

Ramsay

Journal d'une pétasse confinée

Première édition

1

Quand mon chat télétravaille à ma place

Y a des jours comme ça, où tu laisses glisser. En te répétant que ça passera. Soso est dans la panade ? Irène est maussade ? Manquerait plus que chefaillon soit d'une humeur de cochon. Tant pis pour eux, moi je vais bien. Et pas question de me laisser contaminer.

Je ne parle pas de ce satané virus. Depuis qu'il est apparu, on dirait qu'on va tous mourir. Et le confinement général, en plus du télétravail, met tout le monde dans un état proche de l'internement d'urgence. Irène est sur le point de démissionner et ne jure plus que par sa maison entourée de poules, de cochons et d'ail des ours. Soso s'apprête à se débarrasser de son nouveau copain parce qu'elle découvre son vrai visage à force de le scruter H24, enfermée entre quatre murs. Et moi je file le parfait amour avec Gabriel qui a un regard absolument exclusif sur moi. Et c'est tout ce que j'apprécie : qu'on me consacre l'intégralité de son temps. Adieu les rallyes et les mondanités avec les sponsors. Adieu les commerces non essentiels. À part le cinoche, le théâtre, les restos, les bars, les virées en bagnole, les soirées chez les copains, les voyages et les concerts, rien ne me manque. C'est beaucoup ? Pas grave. C'est dans mes yeux que Gabriel regarde l'avenir. Il compte sur moi pour le divertir et lui prodiguer plus de massages qu'une légion de geishas. Et ça me fait un bien fou de lui faire la danse des sept voiles. Sauf à passer par la cheminée, aucune fille ne me le piquera et je peux me sentir belle et exclusive dans ses bras.

Le boulot ? C'est un accessoire à peu près aussi vital qu'un sac à main de la saison dernière. Parce que je peux facilement tricher. Les visios ? Il suffit d'expliquer à Chefaillon que la connexion cafouille et c'en est fini des collègues qui bafouillent. Quand d'aventure je daigne participer à une réu, c'est mon chat qui apparaît sur la webcam. Chacun son rôle. Moi je ne me maquille plus, de toute façon, Gabriel me préfère au naturel. Je laisse mon greffier plutôt typé canapé que gouttière, passer et repasser sur le clavier. Du coup, mes collègues screenent mon fauve et préfèrent commenter sa masse velue plutôt que d'avancer sur les dossiers qui s'empilent. Ce qui a le don d'énerver Chefaillon, pas vraiment ravi de partager ses réu avec le moins productif de ses collaborateurs : un chat qui surveille les télétravailleurs en mode pacha.

Envoyer des dossiers ? À qui donc ? Pourquoi donc ? L'économie est à l'arrêt. Confinement rime avec vacances. Elle est où mon entreprise ? Quelque part dans les limbes, dans le Cloud et sur mon ordinateur en mode veille. Lorsque la Covid sera loin, et dispersée façon puzzle par un efficace vaccin, il sera bien temps de me pencher à nouveau sur mon boulot. En attendant, je prends le temps de me donner du bon temps.

2

Quand le ménage fait du bien aux méninges

OK, les vacances, c'est bien. Trois semaines ailleurs que chez soi c'est top. Mais 21 jours claquemurés chez soi, c'est trop. Et puis moi, les vacances je veux les choisir et les décider. Là, on me les a imposées. Je disais l'exact inverse un chapitre plus haut ? Je disais que le confi c'est le paradis ? Et alors, le temps a passé. Y'a prescription. En vrai, j'en peux plus. Et je ne sais pas quand tout ça va se terminer. Mon chat vire neurasthénique, mon ado devient hystérique et on n'est que lundi. En même temps, qu'on soit dimanche ou mardi, c'est pareil. J'ai envoyé Gabriel faire les courses, car c'est plus simple de se garer sur les places pour handicapés, et de passer par la caisse spéciale fauteuil. Mais j'aurais dû y aller moi-même, histoire de voir une autre âme qui vive que ma fille, mon mec et mon chat. Même une vieille acariâtre ou une caissière syndiquée. En fait, j'en peux plus. J'ai envie de me mettre en arrêt maladie, ou de bosser un peu. Je sais plus.

Me mettre au boulot pour tuer le temps ? Pourquoi pas. Surtout que j'ai l'impression que les collègues commencent à me faire la gueule, à me reprocher de ne pas prendre au sérieux les réu à distance, à ne jamais participer aux apéros visio. Ça se voit donc tant que ça, que ça ne m'intéresse absolument pas ? Déjà qu'en temps normal, le seul avantage que je trouvais à ce bullshit job c'était les copines et mon salaire. Ce dernier répond toujours à l'appel, mais les secondes me répondent à peine au tél. Les voilà soudain trop occupées à soigner leur yucca, leurs cochons ou leurs boyfriends.

Je sens comme un grand vide autour des jours qui se suivent et se ressemblent. Si au moins c'étaient des journées dorées. Même pas. Les petits trucs quotidiens qui avaient cette petite saveur qu'on s'empresse de vouloir retrouver ont aujourd'hui un goût de soupe d'hosto. Mais dites donc, elle ne nous ferait pas un petit coup de mou, l'impératrice des open spaces ?

Pas de ça chez moi ! Va falloir faire le ménage dans la tête. En commençant par le faire chez moi. Tout y passe. Les sols, les murs « *mais ils sont neufs ces murs* », rigole Gabriel quand j'attaque ceux de son bureau. « *Et les acariens, tu y as pensé aux acariens ?* » Je récure, je lave, je désinfecte. Le soir même, c'est Versailles. Mon mec est obligé de chausser ses ray-bans, « *trop de lumière, trop de reflets* ». Seule ma fille Anna m'a barré l'accès de sa chambre. « *C'est mon sanctuaire* ». Va prier ton dieu Insta, moi je m'affale dans mon canapé, avec un Spritz bien mérité. Voilà une bonne journée, bien occupée. Et demain, je fais quoi, demain ? Je ne vais quand même pas fabriquer mon propre pain ? Parce que c'est juste immonde la baguette maison, et parce que toutes les filles en font en ce moment. Deux bonnes raisons pour s'abstenir. Et si je bossais ? Y'a justement un point en visio avec Chefaillon et toute l'équipe à 9 h.

3

Quand le pain maison est difficile pour la digestion

Y'a pas de filtres ? C'est quoi cette visio où on voit tous les défauts ? Dans les vraies réunions non plus y'a pas de filtres ? Sauf qu'en présentiel, les autres sont éblouis lorsque j'entre en scène. Là, avec ma pauvre webcam, on a juste l'impression que je viens de passer trois nuits à bambocher sur *Tenue de soirée.*

Évidemment, à 9 h tapantes, y'a pas la moindre trombine qui s'affiche à l'écran, sauf celle de Lisa. Je tripote ma box wifi, sûrement une panne de réseau. Mais non, il n'y a qu'elle. Elle a dû dormir le nez sur son ordi. Je vous ai parlé de Lisa ? Non ? C'est la nouvelle. Elle a été embauchée en visio et depuis elle travaille aussi en visio. Elle n'a jamais rencontré personne de l'équipe en vrai, mais fait comme si elle était copine avec tout le monde. En plus, comme elle est virtuellement à l'essai dans son nouveau job virtuel, elle en fait des caisses. Le truc irritant au possible. Elle est de toutes les réu, de toutes les chaines slack, et quand, pendant cinq minutes, elle n'a pas de mail, pas de messages sur le groupe whatsapp, elle appelle ses collègues. Moi, ça risque pas, je ne l'ai pas inscrite dans mes contacts, et je ne réponds jamais à un numéro que je ne connais pas. Je suis sûre que même Chefaillon, qui l'a pourtant embauchée commence à être exaspéré.

D'ailleurs le voilà qui apparaît dans la lucarne. Derrière lui, il a collé des rangées de livres pour faire genre je suis dans mon bureau perso, pas dans mon salon. Me suis pas trompée : il a l'air irrité. Le confi (et Lisa) commence à lui courir sur le derme, je le sens. Tiens, voilà Éric le pubard qui apparaît lui aussi. Lisa et cet insupportable devraient nous faire des petits. C'est les mêmes fayots. Lui, c'est le genre à tout positiver, toute la journée. Il fait du pain dégueu ? Il en poste la photo sur le réseau du boulot. Et quand il le mange, il t'invite à une dégustation visio. Je comprends le désarroi de Chefaillon quand il allume son ordi le matin et tombe sur ces deux cauchemars-là. Heureusement que je suis là. Sauf que je ne suis que l'image de moi-même, et une piètre image, renvoyée par une webcam chinoise avec une connexion même pas fibreuse.

Enfin, Soso se pointe, et Irène la suit deux minutes plus tard. La première est en audio et a coupé sa cam (je suis sûre qu'elle est dans sa salle de bain), quant à Irène, elle est sur son téléphone qui bouge dans tous les sens, en mode « *J'ai pas d'Internet à la maison, je suis en 4G* ». Tout le monde est dans son rôle, ce qui d'habitude m'amuse, mais ce qui aujourd'hui m'engourdit. Je n'ai déjà plus qu'une envie : mon lit.

Il est à peine 9 heures et demie et je m'ennuie. Je ne dis rien. Les autres font leur reporting, parlent des avancées de leurs dossiers, pas moi. Je m'en fous. J'ai l'impression d'écouter des gens qui bossent pour une boite que je ne connais pas. Leurs problèmes de prestataires en retard, de clients récalcitrants, je m'en tape d'une force inimaginable. « *Ça va ?* » Chefaillon finit par remarquer le fait que je ne veuille surtout pas me faire remarquer. J'ai quand même le courage de balancer une blagounette « *Ça va, ça va, ça doit être le pain en visio d'Éric, hier, qui ne passe pas* ». Tout le monde se marre, sauf le boulanger virtuel. J'en profite pour leur expliquer que je dois me reposer, et je coupe.

4

Quand le pain maison devient source de complication

Je n'éteins pas l'ordi, je ne me mets pas au boulot pour autant, je me cultive, nuance. Je lis des statistiques, des dizaines de chiffres alignés, des pourcentages, des décomptes et des prospectives. Celles du marché de la vis sans fin, le dossier Chamallow & fils sur lequel je suis censée bosser ? Pas vraiment. Chamallow attendra la fin des temps. Évidemment, il ne s'appelle pas Chamallow, mais comme c'est le type le plus mou que je connaisse, et son fils étant tout aussi remuant, je l'ai rebaptisé ainsi. En ce moment, je lis les données sur le Covid, celles de Lamotte-Beuvron, ou d'Oulan Bator. Je lis tout et j'éteins mon écran.

Une heure ? Cinq minutes ou deux jours ? Je ne sais pas combien de temps s'est écoulé depuis que je suis assise, figée, devant mon bureau. C'est Gabriel qui vient me secouer. *« J'ai pris de la farine, de la T65, la meilleure. Y en avait presque plus. On va faire du pain maison. J'ai trouvé une recette top, avec un simple four* ». Et il me colle un paquet blanc sur ma table de travail. En la voyant, je ne sais pas ce qui m'a pris. Je l'ai attrapée, très calmement, ouverte très soigneusement, et j'ai tout renversé par terre, en secouant le paquet pour qu'il n'en reste plus la moindre miette.

« *Mais qu'est-ce qui t'arrive ?* » Gabriel en est resté comme deux ronds de flan. En plus, il est recouvert de farine. Elle a évidemment volé partout et il ressemble à un clown auguste maquillé comme un camion volé. Alors je me lève, toujours aussi calmement. Et je saute dans la poudre blanche. Je piétine, je trépigne, comme à la récré, comme à la marelle, comme quand on ne voulait pas me donner mon goûter. Et je hurle. Je crie comme je n'ai jamais crié depuis que mon cerveau reptilien est sorti de sa caverne où un tigre à dents de sabre avait décidé d'hiberner. Je parle aussi, en criant. « *J'en ai marre de vos farines, de vos confinements, de vos simagrées pour faire croire que tout va bien. Tout va mal, tu m'entends ? C'est la fin des temps* ». Puis j'éclate en sanglots.

Vous connaissez Gabriel. C'est le chevalier sur son destrier à roulettes. Quand il me voit dans cet état-là, il me prend dans ses bras, me console, me dit que ça va aller, qu'on va s'en tirer. C'est exactement ce que je ne voulais pas entendre. C'est pas parce que je trépigne comme une petite fille qu'il faut me prendre pour une gamine. « *Tu ne parles pas à une quiche, OK ? Ta méthode Coué, tu peux te la carrer* ». Je suis vulgaire parfois, mais toujours en rimes.

Mon homme n'étant pas handicapé de la comprenette, il sait que, lorsque j'ai lâché les freins, mieux vaut ne pas se trouver sur ma trajectoire. Il déguerpit quand mon téléphone sonne. C'est Chamallow. Pas vraiment envie de lui laisser deviner mes talents de rimailleuse à celui-là, la vulgarité suffira. Il demande où j'en suis de son dossier et je n'ai pas pu m'en empêcher. « *Tu vas te le tailler en pointe et te le carrer* ». J'ai ajouté un « *bien profond* » et bien retentissant, mais il avait déjà raccroché. On peut dérailler, mais on garde toujours, c'est mon cas, en tout cas, un fond de lucidité. Une petite alerte qui fait qu'au moment où l'on commet une bêtise, on se dit qu'on vient de faire une énorme connerie. C'est encore mon cas, dans ce court échange, certes viril, mais pas du tout correct, avec Chamallow.

5

Quand un coup de fil dévastateur peut en cacher un autre

Je n'avais jamais remarqué que son fauteuil couinait. Faudra qu'il pense à le changer. Gabriel tourne en rond, et moi aussi. Mais pas pour les mêmes raisons. Lui se demande comment amadouer une furie, et moi j'imagine les téléphones chauffer entre les tauliers de ma boite et le fournisseur le plus mou du genou de l'histoire de l'humanité. Une certaine mollesse des articulations ne présageant en rien une non-intention de nuire, j'attends les conséquences avec un certain fatalisme.

Il a fallu moins d'une heure pour que mon téléphone sonne à nouveau. C'est Chefaillon. Je le connais par cœur, et il me connaît plutôt bien aussi. Il ne cherche pas à tergiverser et, même s'il n'est pas le type le plus courageux du monde, il est honnête. « *Ça hurle à l'étage de la direction depuis une heure. Ils veulent ta peau. Enfin c'est surtout Chamallow qui la veut. Il veut dénoncer le contrat si tu ne quittes pas la boite* ». Alors, virée ou pas virée ? Je ne cherche même pas à savoir quelle est la décision prise par les boss : je la connais. Personne ne vaut tripette comparé à un contrat de 5 millions d'euros, la somme que verse le mou du genou pour qu'on lui redresse sa boite, de la compta au marketing. Alors c'est moi qui explique tout ça à Cheffaillon pour que le pauvre, que je sens tremblant au téléphone, n'ait pas à le faire lui-même. Et je raccroche en m'excusant. « *Mais oui, t'inquiète, je ne t'en veux pas. Mais oui, on se rappelle* ».

Gabriel, qui n'a rien loupé de l'affaire ni des coups de fils ravageurs, s'approche en couinant du fauteuil. « *T'inquiète, non seulement, tu vas partir avec un gros chèque, et je mets mon avocat sur le coup, mais en plus tu vas retrouver très vite. En attendant, on n'est pas vraiment à la rue* ». Il a raison et je lui souris. Et mes amis ? Irène, Soso, toutes mes copines de boulot ? « *Tu les vois en cachette tous les week-ends et le soir trois fois par semaine. C'est quand même pas une machine à café qui va te manquer* ». Il a raison. « *T'imagines tout ce que tu peux faire plutôt que d'être vissée à ton ordi, ici ou au bureau ? Toutes ces journées que tu vas avoir pour t'occuper de toi ?* » Il a encore raison. Je vais enfin pouvoir faire ce que je veux. Faire quoi ? Rester ici en attendant que le virus se carapate ? Faire du sport une heure par jour ? Aller au supermarché en petites foulées ? « *Je vais pouvoir faire du pain* ». Et j'éclate en sanglots.

6

Quand la recluse fait office de bureau des plaintes

Je ne quitte plus ma chambre, je ne sors plus de mon lit. Depuis combien de temps est-ce que je suis recluse dans mon plumard ? Aucune idée. Gabriel veille à la logistique, me bricole des petits plats auxquels je ne touche pas. Il a planqué mon ordi et je n'ai droit qu'à la télé qui déverse en boucle des pouffes qui font des concours de sapes avec des paillettes à deux balles et se prennent pour les reines du glam. Quand je zappe, c'est vers un autre concours qui doit déterminer celui qui aura réussi le baba au rhum le plus dégoulinant. Je zappe encore pour tomber sur une mégère qui veut fourguer à un jury atterré un chandelier en bronze verdâtre que je n'offrirais même pas à mon ex-belle-mère, avant de finir devant des gens qui chantent faux les chansons que d'autres ont essayé d'écrire dans la juste tonalité. Je me rendors.

Quand j'ouvre les yeux, Soso est assise sur une chaise près du lit. Elle se tient aussi droite que si elle veillait un mort. Mais comme elle s'aperçoit que je bouge encore, elle se met à causer. Pour meubler ? Pour cacher sa gêne ? Pour me remonter le moral ? J'en sais rien, mais elle cause comme jamais. Elle cause d'elle, exclusivement. Histoire de pas en rajouter dans mon tragique, elle me balance le sien. « *Tu sais, ça va pas du tout avec Jean-Guy. D'ailleurs j'aurais dû me méfier dès le début. Un type qui s'appelle Jean-Guy, et qui a à peine 30 ans, c'est forcément chelou* ». Je ne réponds rien, pas besoin. Inutile de la relancer, elle est lancée pour des heures, comme un Fidel Castro en plein discours marathon. « *Non, mais tu comprends, les aristos fin de race fauchés qui te racontent leurs problèmes de tweed anglais élimé, je peux plus. T'en penses quoi ?* ». Moi, je pense pas. « *Et puis, les week-ends dans le château qui prend l'eau avec la toute vieille qui n'en finit pas de vieillir, c'est plus possible* ». Je finis par la reprendre. « *La vieille, c'est du Brel, ma vieille* ».

Au lieu de la calmer, ça la ragaillardit. C'est comme si j'avais remis une pièce dans son podcast à confidences. « *Et tu verrais, au lit, c'est toute une cérémonie. Il plie ses fringues scrupuleusement avant de me rejoindre. Manquerait plus qu'il garde ses chaussettes en fil d'Écosse* ». Elle se lève d'un coup. « *C'est décidé, je vais lui dire de prendre ses tweeds et ses claques et de rentrer dans son château déglingué* ». Et elle se dirige vers la sortie. Avant de refermer la porte derrière elle, Soso se tourne vers moi. « *T'inquiète pas, tu vas te retaper fissa. Moi c'est mal barré* ». Et la porte claque. Mais pas longtemps. Anna déboule en trombe. « *Mam, c'est plus possible, le prof de lettres me harcèle* ». Je me redresse, paniquée. « *Qu'est-ce qui se passe ? Il te coince dans les couloirs ?* » Elle prend son air agacé en mode je-regarde-le-plafond-elle-a-vraiment-rien-pigé-la-daronne.

« Mais non, je lui aurais retourné une gifle et l'affaire serait réglée. C'est plus grave : ça fait deux fois qu'il me colle un 8/20. Ce serait bien que tu me fasses un topo sur la Princesse de Clèves. C'est vraiment trop chiant à lire et il veut qu'on se le farcisse jusqu'à la dernière page ». Je respire. *« C'est assez simple : c'est l'histoire d'une meuf qui n'aime pas son mari, qui tombe amoureuse d'un autre, mais au lieu de tromper son mec elle lui avoue tout et cet aveu fout sa vie en l'air »*. Anna s'en retourne en maugréant. *« C'est bien la peine de se fader 200 pages pour un truc qui tient la longueur d'un clip. OK, j'ai compris. La morale de cette affaire c'est qu'il faut faire son affaire dans son coin et jamais avouer. Merci mam »*. Et elle claque la porte.

Je me retrouve à nouveau seule, dans mon lit et devant la télé. C'est pas si mal finalement les pouffettes qui essaient de s'habiller comme un lustre du Bas-Empire. Et le baba au rhum n'est peut-être pas si dégeu. Quant au chandelier, je le verrais bien accroché à mon plafond finalement. Et l'autre, là, il s'en sort pas si mal en hurlant *Les lacs du Connemara.*

7

Quand la pétasse constate l'absence de mémoire immédiate de la psychiatrie moderne

D'habitude déjà, je n'ai pas le civisme du parking. D'ailleurs la dernière contractuelle qui m'a vue me garer sur une place prévue pour ça, en m'acquittant d'un ticket de parking, m'a prise dans ses bras. Mais aujourd'hui, alors que tout le monde est claquemuré chez soi, que les rues et les trottoirs sont déserts, et pour ne pas froisser les lecteurs les plus académiquement sensibles, j'ai réalisé un magnifique GCUM (ça veut dire « garée comme une merde », mais ne le répétez surtout pas). Je crois que j'ai même posé deux roues sur le trottoir, face à la plaque du docteur Azimuth. Et il s'en est fallu de très peu pour que je ne me gare pas dans sa salle d'attente. Peut-être parce qu'elle est aussi pleine que la ville est vide.

Je poireaute, debout, car le moindre strapontin est occupé et j'échafaude mes hypothèses. Soit tous ces gens ont trouvé un prétexte pour sortir, ayant déjà épuisé leur chien et ses promenades digestives, soit ils ont tous la cafetière en surchauffe et sont totalement déprimés par le confinement. En regardant la mine des patients qui attendent, entre les yeux rougis par les larmes et les tics nerveux, j'élimine d'emblée l'hypothèse canine. Je poireaute donc, et je me dis qu'heureusement, le praticien des névroses que je consulte n'est pas conventionné, sinon, il aurait dû réserver le stade de France pour faire attendre ses ouailles. Je pratique le mépris social ? Du tout : je ne fais que du pragmatisme horaire, car je n'ai pas l'intention de passer ma journée ici.

Deux heures trente-deux minutes et quatorze secondes plus tard, c'est mon tour. Je n'ai pas perdu de temps, puisqu'entre temps, j'ai appris qu'Ariana Grande a changé de mec, que Sharon Stone a changé de chirurgien esthétique, que Cyril Lignac a changé de casseroles et que Donald Trump a changé de cerveau. On est parfaitement au courant des affaires essentielles du monde grâce à la presse people, même si celle des cabinets médicaux affiche quelques mois de retard.

Une secrétaire cerbère me devance dans un couloir sombre jusqu'au cabinet du docteur. Qui est une doctoresse. Si je les avais rencontrés ensemble, la toubib et son assistante, j'aurai juré que la diplômée de la fac de médecine spécialisée en psychiatrie, c'était la première. Car le docteur Azimuth est à peu près aussi insignifiante qu'une feuille de salade posée sous un steak. Elle est toute petite derrière ses grandes lunettes. Juchée sur son fauteuil, derrière son immense bureau, ses pieds ne semblent pas toucher terre. « *Qu'est-ce qui vous amène chez moi madame ?* ». Elle te balance ça avec la conviction d'un poulpe à qui on demande s'il veut être cuisiné au court-bouillon ou revenu avec son ail et son persil. C'est le genre de fille qui ne supporte pas le moindre contact avec un être humain, et si c'est un patient, c'est encore pire.

Bonne fille, je lui raconte quand même mon histoire. Le boulot perdu, l'envie de rien, le manque d'appétit, le sommeil comme un bébé (une heure de dodo, une heure de pleurs) : le grand classique facile qui me permet à n'importe quel lecteur de doctissimo et même à moi-même, de diagnostiquer une déprime. Mais pour Anne-Gaëlle Azimuth (c'est son petit nom), *« c'est pas si simple »*. Comment ça, pas si simple ? File-moi des cachetons qui font rigoler et enchaine avec ton déglingo suivant qui poireaute depuis deux plombes dans la salle d'attente. Je ne lui dis pas ça à Anne-Ga, d'autant qu'elle ajoute, *« mais quels symptômes vous font dire ça ? Vous avez un problème professionnel ? Vous dormez mal ? Vous n'avez plus de goût à rien ? »*.

Elle est sourdingue ma parole, ou alors elle n'a absolument pas écouté ce que je lui expliquais. Une micro-sieste, peut-être, ou un petit laisser-aller digestif. C'est vrai qu'on est en début d'après-midi. Pas grave, je m'y recolle et lui refais le topo : le coup de fil pétage de plomb à Chamallow, les journées Cordulla et les nuits couçi-couça. Je me trouve d'un calme olympien avec elle, même pas énervée, même pas je la traite de morue. C'est peut-être une thérapie qu'elle a adoptée après tout. Et peut-être que, qui sait, ça peut marcher. Sauf que, lorsque j'ai terminé, le bon docteur Azimuth me dit. *« D'accord, d'accord, vous pensez que vous êtes dépressive. Mais dites-moi ? Qu'est-ce qui vous amène à penser à ça ? Vous avez eu des soucis au travail ? Vos nuits ne sont plus ce qu'elles étaient ? Et vous avez des envies, des projets ? »*.

Et là, d'un coup, je réalise : Anne-Ga s'est chopée un Alzheimer des familles, elle est totalement en boucle. Ma psy souffre d'un Alzheimer, j'y crois pas, alors je me le répète. Je finis par me lever. « *Merci docteur, surtout, pensez à bien arroser le ficus. Faut pas lui donner beaucoup d'eau, mais il faut ce qu'il faut* ». Elle ne bouge pas, me dit « *merci madame André* », et je sors du cabinet. Dans le couloir, je me dis que madame André est le nom de son instit de CE2. Dans la pénombre, je croise la secrétaire gaulée comme Schwarzenegger, mais comme je suis plutôt remontée, je me contente de lui expliquer deux trois trucs : « *Vous faites comme la patronne : vous m'oubliez. Quant à la facture de la consultation, vous la pliez, la taillez en pointe et je vous laisse imaginer la fin de l'histoire* ».

Sur ce, je tourne les talons et sors de l'immeuble. Ma bagnole est toujours là, sans le moindre PV. Et moi, je vais un peu mieux. Ça a du bon la thérapie par l'Alzheimer.

8

Quand la pétasse resquille, mais s'acoquine avec la maréchaussée

Dans ma bagnole, je me sens comme un vieux bonzaï abandonné par son jardinier nain. Qu'est-ce que je vais faire de mon après-midi ? J'ai mon attestation de sortie « *pour raison médicale* » et la preuve de mon rendez-vous. C'est un laissez-passer pour la liberté, ou presque. J'appelle Irène. Même pas elle est venue me voir cette chiennasse alors que j'étais sur mon lit de mort. En même temps, si c'est pour me raconter ses propres malheurs, c'est mieux comme ça. Je suis sûre qu'elle est comme une dingue, dans sa fermette, en mode « *grâce au confinement, la nature reprend ses droites. J'ai des dinosaures qui broutent dans le jardin* ». Je tente, mais c'est son répondeur qui reprend ses droits. Je me rabats sur Soso. Elle en a peut-être fini avec son nobliau. Ça sonne, dans le vide. Je sors de la voiture.

Pourquoi j'ai décidé de rentrer à pied ? Je n'en sais rien. Parce qu'il fait beau. Parce que j'ai besoin de marcher. Je suis à 7 km de chez moi ? Et alors ? Ma voiture est mal garée ? Peu importe. Mes talons ne sont pas adaptés à la marche à pied ? J'enlève mes chaussures. Je suis seule dans la rue. Ça fait vingt minutes que je marche et je n'ai pas croisé le moindre quidam. Ah si : une petite troupe fait la queue devant une boulangerie. Je vais ramener du pain à la maison, tiens. Je remonte la foule en exhibant mon rendez-vous chez l'azimutée. « *Urgence, certificat médical, merci beaucoup* ». Personne ne moufte, sauf un petit vieux plié sur sa canne. « *Dites donc ma p'tite dame, les éclopés aussi font la queue* ». Je lui rétorque qu'il n'a qu'à faire pareil, que moi je souffre pas de la guibole, mais du mental, et que je suis une vraie déglingo. Il ne la ramène pas, pas plus que la boulangère qui me tend une baguette tradition et se la joue petit personnel essentiel. « *Je ne touche pas les sous, faut me payer sans contact* ». Je ne risque pas trop de vouloir entrer en contact avec toi mamie.

Je reprends la route, le cœur en déroute et la baguette sous le bras lorsque deux flics (ils sont toujours deux) traversent la route et foncent droit sur moi. « *Vous avez votre attestation, madame ?* ». Je leur tends mon téléphone. « *Visite médicale, très bien. Mais d'après votre adresse, vous habitez à 6 km d'ici. Vous n'allez pas rentrer à pied tout de même, et sans chaussure en plus* ». Comme le kilomètre que je viens de faire suffit à mon exercice, je leur parle de mon mari handicapé incapable de rouler, vous comprenez, et de ma dépression avancée. Je suis tellement dans mon rôle de Cosette, que l'un des agents lance un appel à toutes les patrouilles. Trente secondes plus tard, une voiture de police se pointe. « *On va vous ramener chez vous madame* ». Et me voilà embarquée par les flics. Mon charmant voisin à képi s'appelle Patrick et il a évidemment l'accent du Midi. « *Vous pouvez mettre le pimpon, Patrick ? C'est pour que mon mari m'entende arriver, pour pas qu'il s'inquiète* ». Patrick fait comme avec sa hiérarchie : il obtempère. Et nous voilà en train de traverser la ville toute sirène et gyrophare dehors.

En arrivant devant la maison, je vois Gabriel sortir en fauteuil sur le perron à toute allure. Je réalise que j'ai laissé mon téléphone branché dans ma voiture. Ça fait deux heures que je suis partie et vu sa tête, il a essayé de m'appeler quatre-vingt-trois fois. Mes non-réponses plus le pimpon conjugué à la voiture de flics ont dû achever de l'inquiéter. Patrick saute de la voiture et se précipite vers mon mec. « *Ne vous inquiétez plus. Votre femme m'a tout expliqué. Mais vous savez que pour une sortie médicale, vous avez droit à une ambulance puisque vous ne pouvez pas vous déplacer. C'est gratuit en plus* ». Gabriel en reste pantois, mais il ne dit rien. Mon petit flic continue. « *Je comprends que vous soyez gêné. C'est toujours difficile de demander. Mais je vous laisse le numéro des services sociaux. N'hésitez pas, ils sont habitués aux gens dans le besoin.* »

9

Quand la pétasse se rallie à la fronde sociale

Tout est bon dans le cochon. Et dans le Gabi aussi. Il me connaît tellement bien que pas une seconde il ne pourrait envisager de me faire le moindre reproche. Comme si mes conneries l'amusaient. Voilà qui devrait me rassurer, me calmer, me persuader que j'ai au moins ce rocher auquel je peux m'accrocher dans mon chaos du moment. Penses-tu Manu. En fait, ça m'énerve. J'ai l'impression de m'attaquer à l'Everest de la compréhension. Son rocher de bonté, pas friable pour un sou, me fait l'effet d'un lourd silence, d'un « *cause toujours tu m'intéresses* ». Si je pinçais la corne d'un taureau Miura pour l'impressionner, la bête aurait aussi peu de réactions que mon mec.

« *En fait, tu t'en fous ? Je pourrais me promener à poil dans la rue en hurlant "mort aux cons !", tu réagirais pareil* ». Même ma réaction, il l'attendait. Elle touche une roue de son fauteuil sans déséquilibrer l'autre. « *J'ai besoin de m'affronter à quelqu'un, tu comprends ? À un type sanguin, humain. Pas à un intello qui relativise tout* ». Il fait demi-tour et part vers la cuisine en marmonnant. « *OK, je vais nous ouvrir une bière et ça ira mieux* ». Je le suis, le dépasse et me plante face à lui. « *Non, ça n'ira pas mieux. Ton sens du compromis et de la négo qui adoucit les mœurs, j'en ai soupé* ».

Parfois, l'arbitre de la vie siffle la mi-temps. Bon, là c'est le téléphone qui sonne et c'est Soso qui m'appelle. La force du symbole est un poil moins poétique, mais ma copine tombe à pic. « *Rapplique, j'ai invité les copines. Irène est déjà là, Darjeeling aussi. J'ai décidé d'organiser une fête de rupture de confi.* » Elle raccroche et moi je remets mes chaussures. « *Je vais chez Soso.* » Même pas j'invite Gabriel. « *Je suppose que tu es au courant que c'est interdit ? Et qu'en plus, ta voiture est à 7 bornes d'ici. Même si tu as des copains flics, vaut mieux pas que tu les croises, je suis pas sûr qu'ils t'emmènent jusqu'à ta bagnole* ». Son côté paternaliste me gonfle. C'est ça : je n'ai pas envie que mon papa me dise ce qui est bien ou mal. Je claque la porte.

J'ai à peine fait 100 mètres lorsque le ciel me tombe dessus. Mais qu'est-ce qui m'arrive ? Qu'est-ce que je m'imagine ? Que je suis dans un mauvais roman où une voiture de sport va s'arrêter, où un prince charmant va m'ouvrir la portière en me demandant où je vais. En fait, la voiture est une camionnette blanche, mais elle s'arrête. Le conducteur ne descend pas et n'ouvre pas la portière. Il attend que j'arrive à sa hauteur et me fait signe. Le prince charmant est visiblement aussi livreur que portugais. Les cartons et l'accent sont des indices qui ne trompent pas. « *Vous allez ou cha ?* » Je lui explique que ma bagnole est au centre-ville. « *Cha tombe bien, j'ai de fichous cartonches à livrèche par là-bas* ». Et me voilà embarquée aux côtés du Karl Marx de Lisbonne qui m'explique l'économie moderne. « *Avec le confinemenche, les gens y commandent tout sur Internet. Et nous on est les echclaves modernes. Ils sortent plou et nous on prend tous les richques pour presque rienche* ». Impossible de lui donner tort. « *Je vous jure monsieur Jésus,* car il s'appelle Jésus, *que jamais plus je ne commanderai rien à ces exploiteurs américains* ». Il apprécie mon geste à forte teneur politique. « *Vous êtes gentille. Je vais faire un détour jusqu'à votre voitoure* ».

Elle est heureusement à l'endroit où je l'avais laissée : de travers avec deux roues sur le trottoir. Je remercie monsieur Jésus, m'installe au volant, démarre le moteur et allume la radio. « *Le pic de la pandémie devrait être atteint dans quelques jours. Je vous rappelle que 659 personnes sont décédées du Covid au cours des 24 dernières heures. Des nouvelles de l'étranger à présent : à Bergame en Italie, les gymnases municipaux accueillent désormais les morts qui ne peuvent plus être acceptés dans les morgues surchargées de la ville* ». J'éteins la radio, et je file chez Soso.

10

Quand la pétasse n'est plus la star des boums

C'est vrai que je ne me gare jamais sur une vraie place. Mon truc, c'est plutôt les inscriptions du type « livraison », ou les passages piétons. Mais là, franchement, il n'y a que moi devant l'immeuble de Soso. Et j'aurais dû mener une enquête pour trouver une place interdite. Pas peu fière de moi, je me gare normalement et je sors de ma voiture. Soudain, je vois un tas de monde. Ils sont tous à leur fenêtre et sur leur balcon. Et les voilà qui se mettent à applaudir. Il y en a un qui commence et ils s'y mettent tous ensemble. Je les remercie, je salue, j'envoie des baisers, je traverse la rue façon star puisque, après tout, ces gens de goût ont apprécié, que pour la première fois de l'année, je ne me choperai pas de PV.

Évidemment, je trouve qu'ils en font des caisses. On n'applaudit pas comme un simple acte de civilité. Mais après tout, je ne vais pas laisser passer mon quart d'heure de célébrité. En composant le code de Soso, et en entrant dans l'immeuble, les applaudissements ne cessent pas. Il y en a même de plus en plus. Ils veulent un rappel ? Je m'exécute, avant de quitter la scène pour de bon. Faut pas tout donner à son public d'un coup. Une star doit avoir un peu de mystère et d'absence. Je rentre, j'attrape l'ascenseur et en arrivant à l'étage de Soso, je vois que sa porte est restée entrouverte. Je la pousse et je vois quatre filles collées à la fenêtre ouverte, en train de taper dans les mains comme des dingues. « *Vous pouvez arrêter, je suis là.* » Soso et Irène se tournent vers moi. « *Mais on applaudit les soignants, pas les soignées* ».

Non je ne suis pas déçue de ne pas être la star de l'immeuble, pas du tout. La prochaine fois, je me gare sur leurs places privées rien qu'à eux, tiens. En attendant, je me laisse servir un verre. « *T'es folle ? Tu prends des médocs, non ?* » Je leur explique que ma toubib a dû oublier comment s'écrit le mot ordonnance et je m'envoie un Bloody Mary.

Soso me regarde avec son air consterné de fox-terrier : « *toi, t'es en train de tout foutre en l'air. Ton boulot, comme ton mec* ». Façon d'expliquer que Gabriel l'a appelée. Super utiles les conseils de ma copine, comme si je ne savais pas tout ça, comme si je ne me regardais pas faire, comme si je ne me voyais pas déconner. En fait, je me vois agir, je m'observe en train de tout fracasser par le menu. Et mon problème, c'est que je n'arrive pas à intervenir, comme si c'était une autre qui agissait à ma place. Par chance, je n'ai pas le temps de me morfondre sur mon moi, mon toi, mon shakra et mon karma, car voilà quatre furies qui déboulent. « *C'est des copines et leurs copines* », me rassure Soso. OK, j'avise donc les nouvelles d'un œil étonnamment neutre et plutôt bienveillant, alors que d'habitude, j'aurais commencé par en penser tout le mal possible, avant de me raviser, au cas où, très exceptionnellement, elles renverraient Sophia Loren au rang de souillon écervelée. Mais aujourd'hui non, je les regarde, je leur souris, et je les devine.

Cécile, Vivi, Marie et Shakira font leur entrée, chacune totalement différente. Cécile, c'est la coquette, celle qui ne sort jamais de chez elle sans une paire de Louboutin. Ce qui ne l'empêche pas d'être une parfaite concierge. Un gossip sur une voisine, une copine ? Elle sait tout. Elle sait qui couche avec qui, et parfois même avant les premiers intéressés. Il y a Vivi aussi. Tout l'inverse de Cécile, c'est l'ingénieure timide, la bonne élève, à la maison comme au boulot. Mais attention au feu qui roupille sous la glace. Je crois qu'elle ne demande qu'à faire hennir les chevaux du désir. Du coup, à 45 ans, c'est le grand chamboulement : l'intello qui ne sortait jamais veut s'éclater. Jusqu'à braver les interdits du confinement. Marie, quant à elle, c'est un rayon de soleil : toujours speed, un peu garçon manqué malgré son visage d'ange, elle te réveillerait un zombie. Enfin, il y a Shakira. Pourquoi tout le monde l'appelle comme ça ? Parce qu'elle a une crinière d'enfer, une taille serrée et de gros seins. Une hypnotiseuse qui pétrifie une équipe de rugby ou une légion romaine. Quant à moi, je suis gentille et polie. Trop ? je ne suis pas vraiment moi et on ne me remarque pas, ou à peine. Tout le monde est gentil et poli avec moi. Tout le monde fait comme je fais. Je ne suis plus la star, celle qui était insupportable, mais que l'on remarquait, celle qu'on voyait. On ne voyait qu'elle d'ailleurs, mais on ne la voit plus.

Bruit de sonnette. On est surprises, mais pas Soso qui se dirige vers la porte d'entrée avec un air de conspiratrice. Un garçon s'encadre dans la porte. Pas un garçon, un apollon, un photoshop vivant, une créature extra-terrestre. « *Les filles, je vous présente Kevin* ». Nous, on se tait, et on regarde.

11

Quand la pétasse connaît une amnésie traumatique

Il est quelle heure ? Depuis que je suis confinée, sans boulot et légèrement secouée du ciboulot, je suis un peu paumée. Bon OK, j'avoue : c'est pas la peine de coller ça sur le dos du covid, d'une supposée dépression ou du chômage. En fait, je ne sais même plus ce qu'il s'est passé hier soir, ni de quelle manière je suis rentrée chez moi et encore moins comment je me réveille ce matin dans mon lit, avec pour tout accoutrement un terrible mal de tête. C'est un peu comme si toutes les armées alliées avaient décidé de débarquer dans ma tête. Je cherche du Doliprane à tâtons sur ma table de nuit et je tombe sur mon téléphone, ses 52 SMS, 43 messages Whatsapp et autant d'appels manqués. Mon smartphone pèse une tonne. Une tonne de regrets, une tonne de bêtises que j'ai dû faire hier soir et une tonne tout court, tellement il me semble lourd et tellement je suis hors d'état ce matin.

Inutile de lutter, je ferme les yeux. Tout à coup, des images de cette soirée me reviennent. Des flashs de douches de champagne, des éclairs de danse sur une table, d'un strip-tease aussi. Je me vois debout dans le salon en train de faire un concours de t-shirt mouillé avec un jeune type, beau comme un camion. Je vois ses tablettes de chocolat, de celles qui n'appartiennent qu'à ceux qui n'en mangent jamais. Je vois mes copines folles d'hystérie à la vue du garçon. Mais qui est-ce ? Qu'est-ce que je faisais juchée sur une table Ikea en train de faire un strip-tease devant un inconnu ?

Heureusement le téléphone que je viens de lâcher me libère de mon Cluedo de beuverie, et devrait me donner quelques réponses, car c'est Soso. J'attrape le combiné tant bien que mal et tente un « allo » sorti des ténèbres de ma gueule de bois. Le type de 25 ans débarqué de nulle part, beau comme un dieu s'appelle Kevin et c'est son nouveau voisin. « *Qu'est-ce qui t'a pris ? Tu t'es débloquée devant tout le monde en montrant tes seins et en hurlant "je suis parfaite et pas refaite". À chaque coupe de champagne, tu enlevais un vêtement, en exigeant de Kevin qu'il en fasse autant.* » Je devais être dans un sale état. Quant à la suite de la soirée, on a évité le Samu. « *On a dû t'évacuer avant que tu te retrouves totalement à poil, et Kevin s'est proposé pour te ramener chez toi. Au fait, ta voiture est toujours devant chez moi* ». C'est donc l'amiral Kevin qui a joué au cocher. J'imagine la tête de Gabriel voyant débarquer le bellâtre avec, en pendentif, ma pomme beurrée comme un petit Lu. On a connu des fins de soirées plus romantiques.

Le voilà qui entre dans la chambre justement. Et il me fait du Gabriel tout craché : il ne me lâche aucune perfidie sur mon retour désastreux « *Tiens, je t'ai fait du thé, ça va te faire du bien* ». Du thé, c'est parfait, c'est le truc que je ne bois jamais sauf en cas de maladie grave. Et ce matin, ça s'impose. *« Il est gentil ton bodyguard, pas un prix Nobel, mais gentil. Au fait, faudrait que je t'emmène chez Soso récupérer ta voiture ».* Encore faudrait-il que je puisse me tenir debout.

Sept heures plus tard, à peine, je suis fin prête. J'ai passé une paire de lunettes de soleil alors qu'il pleut. Pour protéger mes yeux et pour éviter aux badauds de me confondre avec un zombie qui aurait chopé la myxomatose. Gabriel le délicat roule doucement, ce qui, pour lui est un abandon total de toute conviction et de tout amour-propre. Arrivée devant chez Soso, je la vois qui agite les bras à sa fenêtre. C'est pas l'heure d'applaudir les soignants pourtant. Elle m'appelle au téléphone. C'est vrai que c'est plus simple que de hurler du troisième étage. *« Vivi, Cécile, Marie et Shakira se sont fait tester : elles sont positives, et moi aussi. Ne monte surtout pas et va te faire détecter. J'ai dit à Kevin d'en faire autant. »*

12

Quand la pétasse se retrouve en garde à vue

C'est retour vers le futur. J'ai l'impression de faire la queue depuis trois heures rue Tverskaïa à Moscou en 1972, pour acheter une boite de sardines. Devant moi, ils sont 100, des jeunes souriants, des vieux toussants, des hoquetants, des papis sans dents, des mendiants et des ménagères de moins de cinquante ans. « *Pardon, je dois absolument passer, ma mère est dans le coma sous respirateur et je dois vérifier qu'elle me l'a pas refilée* ». Une espèce de compassion s'installe et les badauds me laissent tranquillement remonter la file. « *Pardon, pardon* », j'arrive devant un jeune type en blouse blanche qui doit remplir sa petite fiche. « *Zavez votre carte vitale ? C'est vital* ». Monsieur est poète voire slameur. Je lui tends la carte verte et il enchaine les questions, genre bad cop, avec un flow west coast. « *Vous étiez où ? À combien ? Pendant combien de temps ? Vous avez le nom et les coordonnées des autres ? On va isoler tout le monde. Vous savez ce que c'est qu'un cluster ? Asseyez-vous on va vous appeler pour vous tester puis vous interroger* ».

C'est plus la rue Tverskaïa, c'est l'archipel du Goulag. Au bout d'un moment, deux autres blouses blanches s'approchent de moi, ils ont un masque de plongée sur la figure, mais pas de palmes aux pieds. « *Veuillez nous chuivre, s'il-chhh vous plaisssh* ». Leur diction est quelque peu obstruée par la vitre totalement embuée. On s'installe dans un bureau aussi gai qu'un vestiaire de Stalag. Je m'assieds d'un côté du bureau et l'un des deux se jette sur moi avec un coton-tige long comme la perche de Renaud Lavillenie. « *Ne vous inquiétez pas et mettez la tête en arrière* ». Et le voilà qui m'enfonce son goupillon jusqu'au tréfond de mes sinus. Ce n'est même pas une douleur : c'est une tétanie, comme si la foudre s'était abattue sur mon pauvre crâne déjà malmené. Le bon côté de l'affaire, c'est que ça fait un bien fou quand ça s'arrête.

Il place son coton-tige géant dans une fiole et sort de la pièce. « *Reprenons ch'il vous plaissshhh,* me lance l'autre embué. *Où avez-vous passé les 48 dernières heures et avec quiccccchh ? Nous devons les contacteccccch en urgencccch* ». Je lui file mon emploi du temps des deux derniers jours, qui est aussi plat que les rives de l'Escaut. « *Puis je suis allée chez Soso. On était une petite dizaine et il y avait Shakira et Apollon.* » Immergé dans ce décor, j'ai l'impression d'être interrogé par le FBI. « *Je sais monsieur l'agent, on aurait pas dû* ». Le type ne relève pas. « *Shakira et Appolon ? Ouichhh, ouicchh. Vous savez, on n'a pas encore assez de recul sur cette maladie, et peut-être qu'elle provoque un dérèglement de l'entendemenchhh. On va attendre les résultats du test, on vous a placé en procédurssh d'urgence, cha va aller vite* ».

Dix minutes plus tard, la porte s'ouvre et l'autre type surgit, un papier à la main. « *Bingo, on en tient un.* Il lâche son ton victorieux et se tourne vers moi avec un air solennel, comme s'il m'annonçait que je suis enceinte. « *Madame, vous êtes positive à la Covid 19* ». Moi je ne sais même pas si je dois m'inquiéter : je flotte dans une espèce de zone mystérieuse et cotonneuse, comme si je n'étais concernée, comme si l'on parlait de quelqu'un d'autre. Son acolyte reprend les choses en main. « *Bon, on va vous isoler, avec tous les autres convives de la soiréecche dès que vous nous aurez donné leurs contacts. Oui oui, même ceux de Shakira et d'Apollon. Vous serez toussshh logés dans un hôtel à la campagne pendant quinze jours. Mais attentioncccch : tout contact avec l'extérieur est interdit. On va prévenir vos familles, et nous passerons prendre quelques affaires chez vous* ». D'ordinaire, je casserais tout, je hurlerais à la privation de liberté, au droit bafoué et j'en appellerais à la cour internationale pénale, mais pas aujourd'hui. Je suis très calme, détendue, et avant de me lever et de rejoindre les deux lascars en combinaison blanche qui me font signe de les suivre, je leur demande simplement : « *y'a du wifi ?* ».

13

Quand la pétasse débarque chez Landru

Il s'appelle Roger et c'est mon chauffeur. D'accord, il a une blouse blanche et une grosse ambulance. Mais il est à ma disposition. Il m'a d'abord emmenée chez moi prendre quelques affaires. Mes valises étaient disposées devant la porte et, derrière la fenêtre, je voyais Gabriel, qui les avait préparées pour moi, me faire de petits signes, tout décontenancé. Interdits de contacts. On est punis tous les deux. Et c'est toujours quand tu n'as pas droit aux bonbons que tu as envie d'en manger. Je ne suis plus du tout fâchée contre lui et je le croquerais bien, fauteuil compris.

Je n'ai même pas le droit de descendre de voiture. Roger s'est lui-même chargé de ranger mes valoches dans le coffre et nous voilà partis vers la campagne. Elle est triste comme un mois de mars. Ce moment où l'on te dit que c'est le printemps, mais c'est pour de faux. C'est un subterfuge, un leurre pour éviter des milliers de suicides après 6 mois de grisaille. Heureusement après une heure de quatre voies qui n'ont jamais vu que de gros camions et une autre heure de petits chemins moribonds, l'ambulance s'arrête devant un portail qui nous attend et s'ouvre tout seul devant nous. Une allée de graviers et nous voilà devant une énorme bâtisse en meulière. Si elle est belle ? Si l'on peut porter un jugement esthétique sur la maison de Norman Bates dans *Psychose,* elle l'est, indéniablement. Et si l'on trouve un quelconque charme à celle de Landru à Vernouillet, on s'accordera à trouver celle-ci ravissante.

Deux cosmonautes nous attendent. Enfin surtout moi. Car Roger dépose mes valises sur le perron et se carapate en me faisant un signe d'adieu. Il n'a pas trop envie de traîner à l'hôtel du sous-bois de Mortefouille réquisitionné par les services de l'État et de la direction générale de la santé réunis. Les cosmonautes sont tous les deux cachés dans des combinaisons blanches trop grandes pour eux. Un masque à gaz leur couvre le visage. L'un des deux chope mes affaires pendant que l'autre essaie de m'expliquer ce qu'il se passe. *« Vous allez passer les quinze prochains jours ici, une chambre vous est réservée. Vous allez pouvoir entrer en contact avec les autres résidents, tous testés positifs, mais en aucun cas avec les soignants. Vous serez testée tous les matins. Important : le dîner est servi à 18 h 30. Vous trouverez un plateau devant votre porte* ». Mon GO qui a dû rater le concours d'entrée au Club Med m'accompagne jusqu'à une porte qui s'ouvre sur une pièce encombrée d'un immense lit en chêne recouvert d'un couvre-lit. Un couvre-lit : cet objet oublié depuis le Second Empire sera mon principal décor pendant les deux prochaines semaines. Si j'arrive un jour à répartir de la riante propriété de Mortefouille les étangs.

Mais je n'ai même pas le temps de me demander si la penderie (assortie au lit) est un meuble destiné à se pendre, qu'on frappe à la porte. C'est Soso. Elle n'entre pas, elle se jette dans ma chambre. « *Non, mais tu te rends compte : on est tous là pendant quinze jours, nourris et logés aux frais de la princesse. C'est comme si on nous obligeait à prolonger la fête qu'on a commencé chez moi. C'est génial* ». Mais moi je n'aime pas qu'on m'oblige. Je n'aime pas qu'on me force à quoi que ce soit, pas même à être heureuse.

14

Quand la pétasse n'est plus à sa place

Ils ont oublié un truc dans la salle de bain de ma chambre. Une grande affiche qui indiquerait « *tu n'es pas en vacances ma vieille* ». Une salle de bain ça ? Une pauvre cabine avec une douche en plastique et un évier en plastique. Pour piquer les petites fioles qui sentent bon, je repasserai. Un distributeur de savon - shampoing - après shampoing - tout-en-un est greffé au mur et dans le genre produit de luxe, il se pose là. Il a la même odeur que celui que l'on trouvait dans les hôtels tchèques avant la chute du mur. Le reste de la chambre est du même acabit : une espèce de mobilier sans forme, sans style, sans couleur, sans rien qui puisse indiquer à son occupant s'il est à Meudon ou aux Galapagos. Je cherche un crochet au plafond pour me pendre, lorsque mon téléphone sonne. C'est Irène : « *tu viens, on vide le mini-bar de la 227. C'est la chambre de Shakira* ».

Je me rends compte que tous les participants à la soirée ont été raflés et se retrouvent ici, dans ce bâtiment gris entouré d'un parc de la même couleur. Je sors de ma chambre, et au bout du couloir, un type masqué en combinaison blanche vient direct sur moi. « *Où je vais ? Dans le parc faire quelques pas. Je peux ?* » le type m'indique que oui, mais il doit d'abord vérifier qu'il n'y a personne. « *C'est bon. Mais surtout, n'allez pas dans une autre chambre, c'est formellement interdit* ». Je suis au premier étage et j'emprunte l'escalier vers le rez-de-chaussée et le simili jardin. Mais dès que le garde-chiourme a le dos tourné, je file comme une dératée vers le deuxième étage.

Le couloir est bizarrement vide. Je m'approche de la 227 et j'entends des rires et de la musique. Heureusement que toutes les réunions dans les chambres sont interdites, si c'était pas le cas, ils seraient capables de faire le même chambard qu'un soir de finale au Stade de France. Je frappe. Ils ne m'entendent évidemment pas. Je téléphone, même punition. Je me retrouve toute seule au milieu de ce couloir d'hôtel quand une main se pose sur mon épaule. C'est un type en combinaison blanche. Ça y est, il va me coller au gnouf, au pain et à l'eau. Mais le gars agite une carte devant moi. « *Je vais vous ouvrir, m'dame vous inquiétez pas* ». Il ouvre la chambre et là, entre Kevin l'Apollon, Vivi, Irène, Soso et Shakira, je vois deux types en blanc qui ont tombé le masque et sirotent du mauvais champagne tiède dans des gobelets en plastique.

« *Entre, que je te présente* ». Soso joue les entremetteuses. « *Voilà Fabien, c'est le gardien de notre étage. Et il a invité Wilfrid et Arthur, qui vient de t'ouvrir* ». Les deux types, plutôt jeunes et charmants me gratifient d'un « *bonjour m'dame* » tellement respectueux qu'il m'envoie direct à l'EHPAD. Je réponds par une espèce de « *b'jour* » inaudible, refuse le verre à dents plein de mousse et m'assieds sur le rebord de la fenêtre. « *Ils sont venus en douce, faut surtout pas les balancer à la direction* », chuchote Soso. L'un des trois me demande à quel étage je suis. « *Le premier ? Zut, c'est Pierre qui s'en occupe. Il est terrible, et ne laisse rien passer. Attention quand vous y retournerez, il va vous interroger m'dame* ».

Shakira et Soso sont passées à l'action en enchainant les roucoulades avec deux des infirmiers, Irène rêvasse et Vivi sourit : chacun tient son rôle. De son côté, Apollon est en pleine discussion avec la troisième blouse blanche. J'entends des bruits, des sons, des voix, des trucs qui ne m'intéressent pas. Apollon parle chiffons, Soso est en train d'emballer et Shakira se trémousse. Et moi ? Je m'ennuie. Voilà cinq minutes que je suis là et je me dis que si cette quarantaine s'enchaine à ce rythme je n'en verrais jamais le bout. J'ai cette drôle d'impression de ne plus être en phase avec ce drôle de monde qui ne tourne pas rond. L'impression que je n'ai rien en commun avec mes amis. J'ai juste envie de m'enfouir sous ma couette, même si elle est de la même couleur jaunasse que le mobilier de ma chambre. Alors je m'exfiltre discrètement et j'y retourne.

15

Quand la pétasse parle au plafond et au patron

Ce qui est bien quand tu passes ta journée à regarder le plafond, c'est que tu le connais bien. Jusqu'à ses moindres recoins de peintures écaillées, jusqu'à ses petits bouts de plâtre écorchés. Et après, tu le traverses, ce plafond, tu t'en vas ailleurs. Moi, depuis mon lit, je m'en retourne dans une autre vie. Celle d'avant ? Pas vraiment. Je me vois seule, dans une ville où il n'y a plus personne. Je marche dans les rues désertes, je rentre dans des magasins vides, je pousse la porte d'un resto où personne ne mange, où personne ne vient me servir. Mais qu'est-ce qui m'arrive ? C'est pas moi ça. C'était pas moi en tout cas. Mais aujourd'hui je suis comme ça. Plus envie de rien ni de personne. Cloitrée 15 jours dans ce cluster avec vue sur rien ? La belle affaire. J'ai même pas envie de m'évader, même pas envie de retrouver les filles qui font la bringue avec le personnel soignant, qui ne les applaudissent pas seulement à 20 h, mais toute la journée. M'intéresse pas. Je ne téléphone même plus à l'extérieur.

Depuis trois jours que je suis arrivée, je n'ai eu Gabriel qu'une fois au bout du fil. Depuis, je ne décroche plus. Ni à ses appels ni à ceux des autres. Je n'ouvre plus mes SMS ni mes mails. Pas envie de donner des nouvelles de ce qui m'arrive, c'est-à-dire : rien. Pour dire quoi ? Que je regarde le plafond ? Mon seul contact avec l'espèce humaine, c'est le toc-toc du type, ou de la fille, qui frappe à la porte trois fois par jour pour m'apporter mes repas. Je lui dis de déposer son plateau sur le seuil et j'attends qu'il s'en aille pour le récupérer. De toute façon, j'y touche à peine à ses plateaux. La télé ? Le web ? j'ai arrêté lorsque j'ai entendu qu'on allait bientôt atteindre le pique de la vague. Moi je suis tout au creux et j'ai pas envie de surfer sur cette vague. Qu'ils se débrouillent sans moi.

Le téléphone sonne encore. Tiens, c'est le chef de Chefaillon. Je ne vous en ai pas parlé de celui-là ? C'est le big boss, le grand patron de la boite, celui qui m'a virée. Je ne décroche évidemment pas. Mais il me reste un fond de curiosité et je me demande ce qu'il me veut celui-là. Vérifier que je suis bien au 36e dessous ? Ça tombe bien : il a laissé un message, alors je l'écoute. « *Je voulais tout d'abord m'excuser de mon attitude à votre propos. J'ai une proposition à vous faire. Pouvez-vous me rappeler d'urgence ? Merci beaucoup* ». Une proposition ? Il va me proposer un dîner d'amoureux et me demander ma main ? Même pas dans ses rêves, ce type est aussi sexy qu'un cachalot. Je laisse tomber et retourne à quoi déjà ? À rien, à mon plafond.

Et puis, cette affaire commence à tournicoter dans mon cerveau bien vide depuis quelques jours. Une proposition.

Qu'est-ce que ça pourrait bien être ? C'est peut-être pas la botte après tout. Le boss vient de plaquer femme et gosses pour son assistante de 25 ans sa cadette, il ne va pas refaire le coup des valises tous les quatre matins. Je cherche. Et je décide de le rappeler, juste histoire de m'enlever la gamberge qui me guette et ne va pas me lâcher jusqu'à ce que je sache.

« *Oui, bonjour, et merci de m'avoir rappelé* ». Il ne me laisse même pas le temps d'un salamec et enchaine direct. Genre le type qui n'a pas de temps à perdre. « *Écoutez, j'aimerais que vous oubliiez ce qu'il s'est passé l'autre jour. J'ai agi de manière totalement inconséquente, enfin surtout pour calmer le client. Écoutez, je voudrais me rattraper et pour ça, je vous propose de vous réintégrer. Pas à votre poste, on va croire que je suis une girouette, mais je voudrais vous confier la direction de notre agence à Rome, en Italie. Réfléchissez-y, et ne vous encombrez pas de problèmes matériels. Nous prenons tout en charge, y compris votre logement là-bas. Quant à votre salaire, il va considérablement évoluer aussi. C'est normal : nous connaissons votre valeur, même si nous l'avons quelque peu oublié ces derniers temps, ce dont je vous prie une fois encore de m'excuser* ». Ce type parle comme une lettre administrative et je m'attends à ce qu'il finisse par « *mes sentiments respectueux* ». Mais j'avoue que je suis un peu séchée par sa proposition. Alors je balbutie simplement, avec une voix que j'imagine neutre, mais qui doit être blanche comme le suaire de Turin, « *d'accord, je vais réfléchir et je vous donnerai ma réponse rapidement* ».

16

Quand la pétasse s'accroche à la dolce vita

La piazza del Popolo, la villa Borghèse, le Colisée, je m'y vois déjà. Moi, me baignant tout habillée dans la fontaine de Trévi en train de crier « *Marcellooo, Marcellooo* ». J'y vais, j'accepte, ça me fera du bien. Ça me guérira de ma torpeur, de ma dépressive torpeur. J'envoie un SMS au super boss pour lui dire que je boucle mes valises et j'appelle Gabriel que je bloque au téléphone depuis trois jours. « *Rome ? Mais tu sais qu'on ne peut même pas sortir plus d'une heure et encore : en restant dans le quartier ?* » J'avais un peu négligé ce tout petit détail. « *Mais ça ne va pas durer indéfiniment. Et dès la fin du confinement, on déménage en Italie. C'est bien le pays de l'automobile, non. Tu peux téléporter ton team sans problème là-bas, non ?* » Un silence, puis il reprend ses esprits. « *C'est le pays de la bella machina et de la F1, à la rigueur, mais pas du tout du rallye. Mais à la rigueur, justement, on peut envisager quelque chose comme ça.*

À la rigueur ». Je prends sa rigueur comme un accord et je boucle ma valise.

Cinq minutes après je suis dans le hall de l'hôtel. Les soignants faisant la bamboche dans la chambre de Soso, personne ne m'a arrêtée. Je file dans le parc, où je tombe sur un jardinier. « *Vous allez ou comme ça ma petite dame ?* ». L'homme aux bégonias fait du zèle. « *Ça y est mon bon monsieur, je suis libre. Ma quarantaine est finie. J'ai tous les papiers pour rentrer chez moi. C'est super non ?* ». Limite que le type me débouche une bouteille de champagne.

Ça y est, je suis dans la rue. Elle est pratiquement déserte. J'appelle Gabriel pour qu'il vienne me récupérer. « *Et tu nous fais des attestations au cas où* ». En attendant, j'observe les rares quidams qui osent se balader, qui avec un chien en laisse, qui en faisant semblant de courir pour leur heure de jogging autorisée, qui avec une baguette sous le bras, pour les courses essentielles. « *Et vous faites quoi vous ?* ». Un joggeur vient de s'arrêter à ma hauteur et en sueur. Au moins il ne fait pas semblant. « *J'attends mon mari. Il est rugbyman et il a une attestation spéciale pour casser la gueule aux dragueurs qui sentent la transpiration.* » Le type repart furibard en courant et en me traitant de covidée. La franchise est peut-être un symptôme. Faudra que j'en parle au comité scientifique. Deux minutes plus tard, Gabriel se pointe et se gare en panique devant mon nez. Je balance ma valise sur le siège arrière et grimpe à bord.

Pendant la petite heure de route, il n'a qu'un but : me décourager. « *Écoute, je sens le piège du boss de ta boite. Pour éviter les embrouilles aux prudhommes, il veut jouer la montre. Il va te faire croire que tu pourras partir à Rome dès la fin de la crise. Et tu vas traîner et traîner encore au fond d'un placard. Je la sens pas sa proposition* ».

Il a réussi à me filer le doute. Mais pas à renoncer. Arrivée à la maison, je préviens les copines de mon évasion et de ma promotion. Une réunion en facetime est organisée dès que je leur annonce la grande nouvelle romaine. Soso et Irène passent immédiatement en facetime. Et elles sont comme Gabriel : soupçonneuses. Surtout Irène. « *Je le sens pas ce mec. La semaine dernière, il m'a convoquée dans son bureau pour me laisser entendre qu'il me verrait bien à la tête du service marketing. En ajoutant qu'il faut qu'on dîne ensemble pour qu'il m'explique la stratégie à adopter. Stratégie mon cul. C'est justement au mien qu'il en voulait* ». Soso acquiesce. « *Laisse tomber et cherche du boulot ailleurs. Avec ton CV, les boites vont tomber comme des mouches* ». Plus je les écoute, et plus j'ai envie de leur parler comme à mon joggeur de tout à l'heure. « *Écoutez les filles, moi je le sens ce poste. L'agence de Rome a besoin de quelqu'un, ça fait des mois que le poste est vacant. Vous voulez que je vous dise ? Vous êtes jalouses de ma réussite* ». Et je leur raccroche au nez. En me tournant vers Gabriel, je lui lâche, « *Vous m'emmerdez à la fin. Tous. Je vais me coucher.* » Et je claque la porte de ma chambre.

17

Quand la pétasse se recroqueville dans son lit

Nagui et ses chanteurs approximatifs m'en veulent. Comme la Cordulla et ses shoppeuses tout aussi approximatives. Je suis sûre qu'ils se refilent leurs candidats ces deux-là. Ça fait deux jours que je les scrute et je vois bien qu'ils font exprès d'être nuls pour que les téléspectateurs crédules se prennent tous pour Einstein. Les animateurs télé sont des fourbes qui me prennent pour une quiche. D'ailleurs la terre entière s'acharne contre moi. Mon mec, mes copines et le virus sont ligués pour cramer ma carrière et ma vie. Qu'est-ce que je vais devenir ? Rien. Une plante grasse, une guimauve, une punaise de lit. Un ectoplasme allongé sur son catafalque mortuaire. Manque plus que les bandelettes. Ramsès à côté de moi, c'est Travolta le samedi soir. Je ne lis pas, je ne mange pas, je ne pense pas. Je regarde la télé.

Mon boss m'a laissé des messages. Le premier pour me dire que « *évidemment, mon poste italien m'attend dès que les restrictions sont levées* ». Le second pour m'expliquer qu'en attendant, « *je pouvais me mettre à classer les dossiers qui sont sur le serveur central, qu'il faut une pro comme moi pour faire le tri dans ce fouillis* ». Ils avaient tous raison, il m'ouvre un placard poussiéreux et je ne verrai jamais la fontaine de Trévi. Qu'ils aillent tous cuire en enfer, y compris Anita Eckberg et Marcello Mastroianni. Je ne rappelle pas le boss, je ne rappelle personne d'ailleurs.

Gabriel prend ses précautions et entre dans la chambre comme dans une salle de réa. Il frappe, me demande si j'ai bien pris mes médocs, me dépose un plateau, en reprend un autre auquel je n'ai pas touché et me pose les questions d'usage. « *Ça va mieux ? Tu te sens comment ?* ». Je lui dis que je n'entends plus Nagui qui demande à son public de faire du bruit et il repart, penaud.

Je suis qui ? Un poulpe, un vase ou une blette. J'ai le choix. Je n'ai pas plus d'envie qu'un légume, un pot ou une bestiole à tentacules. Soso me laisse de longs messages en m'expliquant qu'il faut que je fasse du sport, que je lise Montherlant ou que je joue au backgammon. La tête et les jambes, ça s'entretient, qu'elle dit, sinon, on se sclérose et on devient con. Alors j'essaie la sclérose et la connerie. Au moins j'aurais réussi un truc.

Mais y a pas que la télé dans ma vie. Y a les sites d'e-commerce aussi. J'achète, et uniquement des trucs inutiles. De temps en temps j'entends la sonnette. C'est le livreur de ce truc américain qui t'expédie ton bibelot en 24 h chrono. Gabriel signe et dit merci. Puis il m'amène le colis. Parfois, je ne sais même plus ce que j'ai commandé, c'est comme un cadeau : on est surpris au déballage. À l'instant je viens de découvrir un service à avocats, avec 6 coupelles en émail fleuri qui ont la taille exacte du légume. Comme ça, il ne glisse pas. Hier, j'ai reçu un hygromètre connecté. C'est toujours utile de connaître le taux d'humidité d'une pièce et de le comparer avec celui de Toronto et je peux vous dire qu'au Canada, ils sont dégoulinants en ce moment.

Je crois que je ne vais plus jamais sortir de cette chambre. Pourquoi faire ? M'occuper, voir du monde ? Faire du shopping ? Pas la peine. De toute façon, je n'ai droit qu'à ma petite heure, mon attestation faisant foi pour aller tailler le bout de gras avec Mounir du Shopi et lui acheter des pâtes aux œufs. Il est certes sympa, mais étant donné que je n'ai vu ni Fast and Furious 23, ni le dernier Lens-Guingamp, la conversation va rapidement tourner court.

Je m'ennuie. Et c'est parfait ainsi. Car c'est un ennui apaisé, sans pensée, ce qui évite les mauvaises pensées. Je ne songe pas à demain, à peine à tout de suite. Et le temps passe. Y a un mauvais moment à passer, évidemment, c'est l'heure des petits enfants, celle où ils pleurent, à la tombée du jour. Mais les bambins ont l'excuse de la fatigue de leur journée. Pas moi. Si je pleure ? Ça m'arrive, à force de me rappeler la non-journée que je viens de passer. Gabriel me dit que c'est une bonne nouvelle. Ça voudrait dire que je prends conscience du vide. Et un malade qui se sait malade est à moitié guéri. Mais j'ai pas envie de guérir. Je ne verrai plus Nagui.

18

Quand la pétasse trouve un remède miracle

Ça frappe à la porte. Ou plutôt, ça eut frappé, et ça n'a pas attendu la réponse avant de sauter sur mon lit. « Ça », c'est Anna. « *Maman, il faut que tu m'écoutes* ». Déjà, quand elle m'appelle maman, c'est que l'heure est grave. En général, elle a une furieuse tendance à l'amputation verbale en me surnommant « *mam* ». Alors je l'écoute. « *Mon mec m'a larguée, c'est terrible* ». Je lui demande pourquoi, pour qui, évidemment. « *Je l'ai viré de chez moi, en lui expliquant que je ne voulais plus jamais le voir, et pour ça, il m'a larguée. Tu te rends compte ?* » Je lui explique qu'en fait, c'est elle qui l'a largué et qu'elle inverse les rôles, qu'il se l'est tenu pour dit, mais elle n'en démord pas. « *Il comprend rien. Il comprend pas que je disais ça comme ça. Un truc sans conséquence, pour rire.* » Quand elle me raconte la scène, je me dis que le garçon est censé avoir un certain sens de l'humour pour accepter que ma fille balance son téléphone par la fenêtre du septième étage de sa chambre de bonne et se voit traiter de « *bouffon juste bon à sauter sur n'importe quelle blondasse qui passe* », dixit celle que j'ai élevée avec tout le tact dont une mère comme moi est capable. « *En plus, depuis il me ghoste. Pas un coup de fil, pas un message, rien. Et il me répond même pas* ». Je lui fais remarquer que son téléphone a explosé après une chute de 100 mètres, elle garde le cap. « *Quand on aime, on s'achète un téléphone en état de marche* », ou anti-choc, c'est selon.

Et Anna de continuer sur le même mode : « *De toute façon il ne m'aime pas. Il ne me comprend pas. Il dit que je suis jalouse, que je le suis dans la rue parce que j'ai pas confiance, que je screen son tél dès qu'il a le dos tourné. Mais il devrait apprécier que je passe mes journées à le fliquer. Ça veut dire que je pense à lui. En plus, il a changé son code, c'est pour ça que j'ai balancé son smartphone* ». J'essaie de lui expliquer qu'en général les règles du jeu sont un tantinet différentes entre une fille et un garçon, et je finis par attraper mon ordi. « *C'est quoi la marque de son smartphone ? Je vais t'en commander un et tu lui offriras. À mon avis, il craquera* ».

Évidemment, ce petit con utilisait le truc le plus cher du marché. Je valide la commande en pensant aux indemnités que je n'ai pas encore touchées et qui sont déjà largement ratiboisées. « *Merci mam. Et toi, sinon, ta dépression, ça roule ? C'est sympa, non ? Au lit toute la journée, c'est cool. Allez, je file. Je dois vérifier qu'il est bien en cours ce bouffon, et avec qui* ». Et de me cloquer la bise la plus expéditive depuis Judas avant de claquer la porte.

Après la bourrasque, c'est comme si le silence avait du mal à retrouver sa place. Il retombe doucement sur la chambre comme de la poussière et je m'interroge. Et si elle avait raison ? Si je me complaisais dans ce cocon ? C'est vrai au fond, je ne bouge pas, on s'occupe de moi, j'ai le droit de faire la gueule. Personne ne me force à me lever, à bosser, à sourire. Elle ferait quoi, ma fille à ma place ? Un instant je pense à balancer le téléphone de Gabriel par la fenêtre, mais on est au rez-de-chaussée de notre maison. Et je ne suis pas jalouse, je n'ai aucune raison de l'être. Et c'est pas un bouffon. Mais c'est peut-être ça, l'anti-dépresseur idéal : le défoulement primal, la furibardie intégrale, le clash total. Comme ça, les autres vont mal, mais moi, j'irai mieux. Alors je me lève, je prends une douche, je m'habille et me maquille.

19

Quand la pétasse découvre les agios

« *Tu vas où comme ça ?* ». Gabriel n'en revient pas. Je viens de passer deux heures, claquemurée dans la salle de bain et je traverse le salon en trombe et méconnaissable. « *T'inquiète, je vais faire des courses essentielles* ». Il m'observe de la tête aux pieds : « *Tu vas acheter des pâtes et du PQ en jupe de cuir et talons hauts ?* » J'ai envie de lui dire qu'il n'y pas que la pasta dans la vie, et que, quelle que soit la destination, il ne faut jamais négliger la séduction. Mais je m'abstiens, me contentant d'un « *J'en ai pas pour longtemps* », étouffé par la porte que je viens de claquer.

En marchant dans la rue, pendant les 20 mètres qui me séparent de ma voiture, j'ai l'impression d'être Armstrong qui se pose sur la lune. Entre l'hôtel cluster et l'auto cluster que je me suis infligée, je n'ai pas fait trois pas à l'air libre depuis des lustres. « *C'est un petit pas pour l'unanimité covidée, mais un gigantesque pas pour moi »*. Direction le centre commercial. Les rues sont désertes et le parking aussi, ou presque. Une queue s'est formée devant l'entrée du supermarché. Des quidams attendent de rentrer, au compte-goutte, en attendant les ordres d'un vigile, façon physionomiste de boite de nuit. Je fonce droit sur lui. « *C'est gratuit pour les filles ce soir ?* » Le type ne comprend pas. « *Il a pas la rèf* » rigolent deux ados pendant que les autres, qui attendent sagement dans la queue, me fusillent du regard.

Heureusement, le vigile manque de vigilance autant que de références. Pendant qu'il compte un petit groupe pour le laisser entrer, je m'y glisse et passe devant tout le monde. J'entends quelques protestations, mais je suis dans la place. J'attrape un chariot et je fonce, méthode aspirateur industriel. Je prends tout ce qui passe : une brosse à rideaux, une tringle de douche, une machine à faire des jus de légumes, des pilons de poulet au sésame, du vin d'Afrique du Sud et de l'eau gazeuse de Carcassonne à l'extrait de violette. C'est compulsif et je n'arrête qu'au débordement du chariot. Direction la caisse.

Elle ne m'a pas vue. Elle m'a scannée, comme les produits qu'elle passe devant son petit pistolet. « *Bip, bip* ». J'entasse tout sur son tapis, remets tout dans le chariot dès qu'elle l'a passé à son sabre laser et sors ma carte bleue. « *Ça fera 367 euros madame* ». Je tape mon code et j'attends. « *Paiement refusé madame, ça passe pas. Vous avez une autre carte madame ? Ou des espèces ?* ». Du liquide ? Elle rêve la gourdasse, on est au 21e siècle tout de même. Évidemment j'ai une autre carte, faut pas la prendre pour un perdreau de cinq semaines la reine du shopping. Nouveau code et j'attends. « *Paiement refusé madame, ça passe pas. Vous avez une autre carte madame ? Ou des espèces ?* ». Elle est en pilote automatique, mais je ne me défais pas. « *C'est n'importe quoi ici. Vos appareils marchent pas* ». J'alpague les clients des autres caisses. « *Inutile de tout déballer messieurs-dames, les lecteurs de CB ne fonctionnent plus* ». Je passe ainsi de caisse en caisse, jusqu'à la sortie. Et je m'en vais. Je leur laisse ma tringle de douche et mon vin d'Afrique australe. Tant pis pour eux.

Je monte dans ma voiture et je réfléchis. Mon découvert doit être aussi profond que la fosse des Mariannes et je n'ai pas touché mon salaire. Évidemment, j'aurais pu appeler Gabriel pour qu'il vienne me sauver et régler l'addition. Mais je préfère appeler ma banquière.

20

Quand la pétasse est catapultée au cœur des nouvelles technologies

« Si c'est pour prendre rendez-vous avec un conseiller, tapez 1. Si vous souhaitez connaître l'état de votre compte, tapez 2 ».

Je ne veux pas prendre rendez-vous, je veux parler à ma conseillère, et tout de suite. Bon, va pour 2. Je pianote sur mon téléphone pendant que la caissière et les 25 clients derrière elles commencent à bouillir.

« Veuillez composer votre code d'accès au serveur de votre agence en finissant par # puis composez votre identifiant qui figure sur vos relevés en finissant par #. Enfin, composez votre code secret fourni lors de l'ouverture de votre compte. Et surtout, n'oubliez pas de terminer par # ».

« Mais j'en veux pas de tes dièses, connasse. Je veux causer à Lydie Grisbi, gestionnaire de mon compte au Crédit populaire

général ». Je m'aperçois que je viens de hurler dans mon tél et que tout le monde me regarde comme si je venais de braquer la caisse centrale.

« *Nous n'avons pas compris. Merci de composer votre code d'accès au serveur de votre agence en finissant par # puis composez votre identifiant qui figure sur vos relevés en finissant par #...* »

« *Pour balancer ce téléphone à la tête du premier vigile qui passe, tapez 1. Pour donner un coup de boule au chef de rayon "tout pour bébé" qui vient d'être réclamé au haut-parleur, tapez 2* ». Mais non, je ne suis pas énervée, juste un tout petit peu au bout de ma vie.

Après avoir répété 37 fois que je devais composer le code d'accès (et appuyer sur #), il semblerait que même le serveur téléphonique est au bout de sa vie. Et le voilà qui change de disque dur.

« *Comme nous n'avons pas compris votre message, merci de laisser un message audio pour que nous puissions vous aider* ».

Sûrement un truc pour les manchots ou les vieux qui n'ont qu'un téléphone à clapet. Moi je me sens aussi vieille que manchotte et la foule autour de moi aimerait bien que je ferme mon clapet.

« *Je voudrais parler à Lydie Grisbi, gestionnaire de compte à l'agence du bois fleuri* ».

Les secondes s'écoulent. Le serveur doit être en train de se dire qu'il n'a jamais entendu une voix aussi profonde que suave.

« *Désolé, votre agence est actuellement fermée. Tous nos conseillers télétravaillent. Nous faisons notre possible pour joindre madame Lydia Grise, veuillez patienter* ».

J'avais oublié que les serveurs étaient un peu mous de la comprenette. Je patiente donc, persuadée qu'il ne trouvera jamais ma banquière à moi. Lorsqu'une voix de mec me répond.

« Bonjour, madame, je suis Jeoffroy Bise, de l'agence de Montfleuri à votre service ».

Je reste zen, j'évite d'insulter le bonhomme. Pour une fois que j'ai un humain au bout du fil, j'en profite pour lui parler de mon malheur.

« Aucun problème, madame, j'ai accès à votre compte. Tout va s'arranger ».

Finalement, cette banque est un miracle. J'aurais pas dû insulter Lydie la dernière fois qu'elle m'a appelée *« suite à mon découvert certain »* comme elle dit.

« Désolé madame, il se trouve que vous avez un découvert certain. Votre carte a été bloquée automatiquement et je ne peux rien faire jusqu'à ce que votre compte soit à nouveau provisionné ».

Je décide de changer le patronyme de Geoffroy Bise en le rebaptisant de noms d'oiseaux d'une telle grossièreté qu'ils feraient même rougir le papier immaculé sur lequel est écrit ce chef-d'œuvre. J'en profite pour abandonner le chariot, mes courses, la caissière, ses clients, le chef de rayon « tout pour bébé » et me dirige vers la sortie. Les portes sont automatiques et je ne peux pas les claquer. Ce qui est fort dommage.

21

Quand la pétasse braque sa propre banque

Poussez-vous les blaireaux à attestation, écartez-vous travailleurs essentiels, j'ai une urgence. J'ai pris la direction de chez moi, mais à 100 m de la maison, je me ravise et fais demi-tour fissa, direction mon agence bancaire du Crédit populaire général. Chance, elle est ouverte. Je me gare en vrac juste devant façon braquo. Je passe le sas et déboule au guichet tellement vite que la petite qui se tient derrière sa vitre anti-balles manque d'un cheveu de déclencher l'alarme.

« Ah, mais non, madame Grisbi est en télétravail aujourd'hui madame. Ah non, madame, je ne peux pas vous donner son adresse personnelle. D'accord madame, je vais voir ce que je peux faire pour vous, mais s'il vous plaît madame, arrêtez de menacer de vous pendre avec la cordelette du petit stylo destiné aux remises de chèques ».

Je ne la sens pas la petite de l'accueil. Elle a le sang-froid d'une cocotte-minute et risque d'éclater en sanglots dans 4, 3, 2, 1 seconde. « *Qu'est-ce que je peux faire pour vous ma p'tite dame* ». C'est une voix d'homme qui la sauve, celle du chef d'agence sûrement. Je les repère à leur cravate. Les banquiers et les vigiles de supermarché sont décidément les derniers êtres humains à se coller un nœud autour du cou. Le type m'invite à le suivre dans son bureau, il est aussi calme que sa guichetière est bouleversée. D'ailleurs je l'entends se moucher bruyamment derrière sa vitre, aux prises avec son premier chagrin professionnel.

« *Alors, on va examiner tout ça* ». Le chef d'agence pianote avec professionnalisme sourit à son clavier et ne dit plus rien, sauf quelques « mmmmhhhh » appuyés par une caresse sur son menton glabre de BTS compta. Au bout de cinq minutes, dix-sept « mmmmhhh » et treize mentons caressés, il relève la tête, en souriant toujours. « *Madame, conséquemment à votre gros découvert, je suis au regret de vous annoncer que nous avons été dans l'obligation de refuser 12 chèques et 7 prélèvements, notamment celui de votre abonnement à la salle de sport. Remarquez, elle est fermée depuis le début du confinement, c'est une économie substantielle* ».

Comme le type affiche toujours son sourire, je suis rassurée. « *OK, on va régler tout ça. Vous pouvez débloquer ma carte avec votre ordi je pense. Et moi je m'engage à rembourser le découvert dans les plus brefs délais.* » Le chef avec son indécrottable sourire me coupe dans mon élan, et ma joie retrouvée. « *C'est impossible madame. Dans un tel cas, notre système automatique émet un signalement à la Banque de France, vous êtes interdite de chéquier et je dois vous demander de me remettre vos moyens de paiement pour destruction.* »

Je pense que c'est lui que je vais détruire, mais comme j'ai conservé un fond d'humanité avant de passer à l'acte, j'opte pour la diplomatie. « *Je pense qu'avec votre ordi, vous pouvez effacer tout ça ?* » En lui posant la question, je sais que ce n'est pas une question, mais une menace. Lui aussi. Je me suis levée et je m'appuie sur le petit bureau de la petite pièce où le petit chef ne sourit plus du tout et se défausse sur l'administration publique. « *Hélas, madame, nous ne pouvons rien faire. Vous devez désormais vous rendre à la Banque de France et régler cela avec eux.* »

Je lui suggère de me lâcher 200 euros en liquide, histoire de faire des courses « *essentielles, je vous jure* ». Mais la suggestion n'est pas exactement le terme juste. J'ai mon nez à 2 cm de sa cravate, et je ne compte pas vraiment lui cloquer un bisou, mais plutôt l'étrangler avec sa limace en tissu ringarde. Il recule en tentant de garder son calme, mais je sens qu'il est en train de rentrer dans le même club de pleureuses que sa guichetière. Il tente néanmoins une dernière esquive avant le suicide. « *On n'a pas de liquide dans l'agence et de toute façon votre compte est fermé puisque je vous dit qu'il est désormais à la Banque de France* ». J'attends qu'il ajoute qu'il a une femme et deux gosses et que je ne peux pas l'achever.

Vu son état de pauvre gribouille et ses aisselles trempées, je le prends en pitié plutôt qu'en grippe. J'attrape quand même les ciseaux qui traînent sur son bureau et coupe sa cravate à la hauteur du nœud. « *Ça vous va beaucoup mieux. Bienvenue au 21e siècle jeune homme. Et mes hommages à votre dame et à votre progéniture* ». Sur ce, je sors du bureau, traverse l'agence et dépasse la jeune fille en pleurs. Je quitte le Crédit populaire général, mais encore une fois, impossible de claquer la porte : elle est automatique.

22

Quand la pétasse se découvre femme entretenue

Ma chambre, mon refuge, mon antre des coups durs. À peine rentrée, je traverse la maison en trombe sous l'œil sourcilleux de Gabriel. Et je trouve enfin une porte à claquer : celle de mon nid. Je me fourre au fond de mon lit et ne bouge plus. Dans ces cas-là, mon homme sait qu'il me faut un sas de décompression. Un temps déterminé avant d'essayer d'entrer. Est-ce qu'il attend la demi-heure légale planquée derrière la porte ? C'est un mystère que je n'éclaircirai jamais. En tout cas, il met toujours son chrono en marche, sachant qu'avant ce moment décisif, il risque d'essuyer les foudres, les oreillers, les vases et ses trophées qui traînent sur la cheminée.

« *Je peux ?* ». Il sait que je ne répondrais pas et s'avance vers moi, avec un recommandé de la banque à la main. « *C'est arrivé ce matin, quand tu étais partie faire les courses. C'est pas grave, tu sais. Te voilà une femme entretenue, le temps que tu renfloues ton compte. On va en rire plutôt que d'en pleurer* ». Il fait très bien semblant d'en rire et moi je n'ai absolument pas besoin de faire semblant pour pleurer vraiment.

« *Je te commande une carte bleue, comme ça tu pourras l'utiliser, même si elle est à mon nom, ne t'inquiète pas* ». Et là, je craque. « *Je ne dois pas m'inquiéter ? Je ne suis pas une gamine. J'ai une fille de 20 ans, et voilà que je dois dépendre d'un mec pour m'acheter un mascara. Mais à part ça, j'ai aucune raison de m'inquiéter. Tout va bien. J'ai pas un rond, j'ai pas de boulot, mes copines m'insupportent autant que ce confinement, j'ai des crises d'angoisse et j'ai qu'une envie, rester dans le noir. Mais à part ça, tout va bien et comme tu dis, j'ai aucune raison de m'inquiéter* ».

Mon lascar de mec commence à être rodé et sait parfaitement esquiver les balles. Il sait que lorsque je sors l'artillerie lourde, la retraite est la seule stratégie qui vaille. Et c'est ce qu'il s'avise de faire. « *T'as le fauteuil qui couine* ». C'est la seule amabilité que je parviens à lui glisser dans sa fuite. Quand il referme la porte, je me retrouve seule avec bibi et mon oreiller. C'est fou qu'en quelques semaines tout se soit écroulé autour de moi. Il ne reste plus rien de ma vie d'avant, ou presque.

Je finis par me lever. Même mon plumard ne veut plus de moi. Je me traîne jusqu'au bureau de Gabriel, en pleine visio avec son team. Cinq visages plus ou moins flous s'agitent sur son écran. Il tente de les motiver. « *Faites de l'exercice les gars, faut rester au top pour être prêts dès que le championnat reprend* ». Je me glisse entre son nez et son ordi. « *Tu sais si les cliniques psy sont ouvertes pendant le confinement ? C'est pour une amie* ». Évidemment, les cinq gus n'ont rien loupé de mon intervention puisqu'ils ont mon visage en gros plan derrière mon écran, d'où Gabriel m'écarte gentiment. L'un des pilotes, le genre premier de la classe lève le doigt. « *Mon oncle est psy à la clinique de Murcille-Frappadingue et je sais qu'il bosse en ce moment* ». Je lui demande son numéro de téléphone. Je le note dès qu'il l'agite sur un bout de papier devant sa webcam et me carapate, laissant le team et son team manager poursuivre leur petite réunion.

23

Quand la pétasse découvre sa maison de repos de luxe

Le type me regarde comme une demeurée, une petite chose fragile qui va se casser en mille morceaux dans son bureau. Alors il me parle très lentement et doucement pour que je ne me cache pas sous le tapis toute effrayée. Et puis il articule bien tous ses mots pour que je capte bien tout. Ça doit faire partie de la thérapie. « *À la clinique Ramsay de la Chesnaie vous allez être bien chouchoutée. C'est du repos qu'il vous faut et vos quinze jours ne seront pas de trop. Ici, c'est silence et jeu de société entre convives. C'est ainsi qu'on nomme nos patients en SSR, c'est ainsi qu'on appelle les soins de suite et de réadaptation. Jean-Guy va vous accompagner à votre penthouse, c'est ainsi qu'on appelle les chambres. Jean-Guy sera votre coach de séjour, c'est ainsi qu'on appelle les infirmiers* ».

Je ne les sens pas, le type et son Jean-Guy. Et quand je dis que je ne les sens pas, c'est ainsi que j'appelle deux courges que je ne peux pas encadrer. Mais je suis le coach qui a déjà mis la main sur ma petite valise à roulettes. « *On vous a mis aux Lilas, vous allez voir, c'est un penthouse superbe très ton sur ton avec son nom* ». Il m'ouvre la porte et la déco est plutôt thon sur thon. La peinture est dans une seyante couleur lavande vomie. Il y en a partout, du sol au plafond, même les meubles ont eu droit au ravalement. Ah tiens, il y a une plinthe peinte en violet, pour le charme du contraste. Quant au penthouse, c'est une pauvre chambrette avec un lit de 90 cm de large, une table et une chaise. Je me lance. « *Dites, quand le boss parle de jeux de société, de quoi s'agit-il.* » J'ai dû choper leurs tics de langage, car je parle déjà comme eux : tout doucement en articulant. « *Chaque soir, à 16 h 30, il y a des parties endiablées de back-gammon et de petits chevaux. Les gagnants ont droit à un jus de fruits au moment de l'apéritif, à 17 h 30, avant le dîner de 18 h 30. Vous allez adorer.* »

Mon coach prend la tangente et je m'affale sur le lit, en faisant gaffe de pas le louper, eut égard à sa petite taille. Voilà donc le décor de ma cure de dépressive. Quinze jours de lilas. Et sans télé, évidemment, « *ça rend les convives anxieux* », m'a prévenu le boss. C'est pas d'anxiété que je vais souffrir ici, mais d'un ennui susceptible de mener aux pires extrémités. J'en suis à me dire que pour vaincre une bonne dépression, c'est pas dans une maison de repos qu'il faut venir, c'est dans une maison de repos qu'il faut investir. Vu les gros tarifs demandés, et les toutes petites prestations proposées, c'est tout bon pour le bénèf et la cure aux Bahamas.

Mais je divague et digresse alors que c'est déjà l'heure du grand tournoi. Direction la grande salle, le *ballroom* comme qui dirait. Autour de quatre tables, des gens avancent leurs pions et leurs petits chevaux dans un silence de tribunal. Ils sont jeunes ou vieux, beaux ou moches, mal fringués ou sapés comme jamais, mais tous s'appliquent sur ce truc comme si leur vie en dépendait. Je m'approche de la première table et m'intéresse. « *Alors, qui c'est qui va remplir sa baignoire de jus d'orange ce soir ?* » Quatre paires d'yeux m'assassinent. Mais très vite, Jean-Guy s'approche de moi. « *Il faut attendre la fin de la partie pour parler aux joueurs, c'est le règlement. Il est là, derrière vous* ». Effectivement, au mur, un panneau donne la voie à suivre. Il indique bien que la causette entraîne l'exclusion du jeu. Mais aussi qu'il convient de ne pas grignoter pendant la partie. Et, enfin, que depuis le début du confinement, le Monopoly était interdit à cause des rues de Paris qui pourraient rappeler trop de souvenirs aux convives confinés et par là même, les traumatiser. Je retourne dans ma chambre en attendant le dîner de gala.

24

Quand la pétasse se transforme en sous-marin

« Mon cher petit journal. Voilà trois jours que je suis ici, coupée du monde, de mon portable, de la télé, de l'Internet, et de la terre entière. À part un coup de fil, de cinq minutes autorisées par jour, je n'ai aucune nouvelle de l'extérieur. Et le monde ne me manque pas du tout. Je flotte au milieu de nulle part et je me sens bien. Même les histoires de Covid, de voisinage et de copines que Gabriel m'égrène chaque soir pendant mes cinq minutes légales me passent au-dessus de la tête ».

On ne rigole pas : je me suis mise à rédiger mon journal intime, comme une gamine. Pour l'écrire, je m'installe à l'une des tables de la grande pièce qui sert de tripot pour les parties endiablées de petits chevaux, mais aussi de cantoche, de salon de thé (remplacé par de la tisane) et de salle de projection pour la soirée télé du mardi où l'on a droit à un vieil épisode de *C'est pas sorcier* pas trop violent. En face de moi, un type fait comme moi, du moins, il semblerait. Il a une allure de vieil étudiant et remplit lui aussi son carnet. « *Sous-marin ?* » Il me glisse ça en me faisant un clin d'œil. Évidemment je vérifie que je n'ai pas une mèche qui se dresse comme un épi sur le crâne, façon périscope. Mais non, ma coiffure est impec.

« *Toi aussi, comme moi, tu es là en sous-marin, je veux dire. Tu notes tout ce que tu vois* ». Je lui explique que je me contente de tenir le journal de bord de mes états d'âme, mais il n'en démord pas. « *Toi, tu veux me doubler* ». Il est agressif en plus. Moi qui flotte depuis trois jours dans un océan cotonneux et les médocs qu'on me refile tous les matins doivent y être pour quelque chose, voilà que je me lève d'un bond, que je me penche vers lui pour me coller devant son nez. « *Tu vas tout de suite m'expliquer tes histoires de sous-marins, et si tu viens ici pour soigner ta parano, tu m'embarques pas dans ta thérapie* ».

À ce moment-là, je me dis qu'un pétage de plomb, ne serait-ce que 15 secondes, remets non seulement quelques idées en place, mais en plus, il est susceptible de calmer l'adversaire. Car voilà mon vieil étudiant qui prenait des tours, redevenir zen comme un tibétain. « *Écoute, je t'explique. Mais pas ici. On va demander l'autorisation à nos coachs pour notre demi-heure de promenade quotidienne dans le parc et on se retrouve sous le grand chêne* ». Car pour sortir du bâtiment, il faut une attestation signée de nos « *référents* ». Le mien n'y voit aucun inconvénient, d'autant que je n'ai pas profité de ma promenade depuis mon arrivée.

Et me voilà dans le parc. Ça fait bizarre : y a de l'air, une petite brise, et au loin, les bruits de la ville. Des trucs incroyables que j'avais oubliés. Mon étudiant fait le pied de grue le long de l'arbre, son carnet à la main. « *Bon, tu jures sur la tête d'Albert Londres de ne rien révéler de ce que je vais te raconter ?* » Je jure sur la tête de Londres, New York et même celle de Joseph Pulitzer que je suis une tombe. « *Je travaille depuis six mois sur un bouquin pour dénoncer les maltraitances et les pingreries du groupe privé qui a des établissements comme celui-là. Et c'est pour ça que je me fais passer pour un malade. C'est ce qu'on appelle un sous-marin. Tu sais combien ça coûte un séjour ici ? 5 000 euros par mois. Et t'as vu les activités, la restauration et la qualité des soins ? Ils se gavent grave.* »

Il a raison en fait. Je passe en revue les services proposés pour ce tarif, et j'ai vite fait le tour : il n'y a strictement rien. Moi, bêtement, je pensais que les privations faisaient partie de la thérapie. Mais en remettant mon petit cerveau en marche, je me dis qu'il n'y a strictement aucune raison de servir des plats immondes et de nous imposer des épisodes de *C'est pas sorcier* en VHS. « *Top là, je suis avec toi. Je vais même t'aider* ». Et me voilà journaliste d'investigation auxiliaire.

25

Quand la pétasse teste de nouvelles thérapies

C'est qui la reine de la filoche ? C'est qui l'impératrice de l'oreille collée aux portes ? C'est qui la queen de l'interview des patients en mode conversation de copines ? C'est ma pomme. Depuis deux jours que je suis nommée adjointe du vieil étudiant, je n'arrête plus. Toute la journée, je suis les coachs en loucedé, et je parle à tous les pensionnaires. « *Ça va les repas ? Vous trouvez ça comment ? Et la literie, moyen moyen, non ?* ». Le soir, dans ma chambre, je retranscris mes petites notes à la main dans mon calepin et le lendemain matin, je débriefe tout ça avec mon Rouletabille qui n'a jamais eu autant d'infos.

Au bout d'une semaine de ce rythme, je suis rincée, mais plutôt fière de moi. Ça fait un sacré bout de temps que je n'avais plus bossé à plein temps. Mais aujourd'hui est un jour spécial, c'est l'opération Clinique Ramsay Gate. J'ai offert des fleurs au directeur que j'ai piqué dans l'entrée avec leur vase et ce benêt, persuadé que je lui faisais du gringue, s'est dépêché de les placer bien en avant sur son bureau. Avec Tintin, on a collé un petit micro sans fil sous le vase et moi, avec un récepteur et des écouteurs dans les oreilles, je me suis installée dans le placard à balai qui donne sur la salle d'attente près du bureau. D'ici, je ne vais pas rater une miette des conversations du boss.

Je vous passe les engueulades qu'il administre à ses employés, tous soupçonnés de trop utiliser de détergents, de donner trop de biscottes aux patients ou de laisser la lumière allumée dans les couloirs. Du pain béni pour moi, mais pas aujourd'hui. Le dispositif digne de Mission Impossible est réservé à du très lourd, pas du menu fretin. Ce matin, le directeur reçoit le grand boss, celui qui dirige le groupe et ses 53 cliniques. Il fait sa visite de routine et je suis sûre qu'ils vont évoquer des secrets qui vont bien nourrir le bouquin d'Albert Londres.

Mais j'entends des bruits de pas. Mon boss accueille un visiteur, avec un air déférent. C'est lui, j'en suis sûre, c'est le big boss. Il l'installe dans son bureau. Le type a une voix qui me dit quelque chose pourtant. Mais le voilà qui se met à parler chiffres. « *Je reviens sur cette histoire de repas de Noël, car j'ai un problème. Vous ne pouvez tout de même pas servir une boule de glace, même low cost, à vos patients sous prétexte qu'on est en période de fêtes. Qu'est-ce que je vais dire à mes actionnaires, moi ? Vous êtes en train de faire fondre nos marges, plus vite que votre mauvaise glace.* » Et le voilà parti dans un énorme éclat de rire. Son interlocuteur, nullement impressionné, rigole avec lui. Et voilà que ce dernier à la fin de son fou rire lance « *vous voyez, madame, que l'on sait rire ici. Mais venez donc nous rejoindre dans mon bureau* ».

Je suis faite et refaite. Durant le trajet qui sépare mon placard de son bureau, je rapetisse à vue d'œil. En arrivant devant sa porte, je me sens tellement petite que j'ai du mal à attraper la poignée. Mais ma gêne est bien inférieure au désarroi qui m'envahit lorsque je découvre la scène. Face au dirlo, celui qui est supposé être le big boss, n'est autre que mon vieil étudiant, mon Rouletabille de service. Tu m'étonnes que sa voix me disait quelque chose.

« *Je ne vous présente pas* », commence le directeur. « *En revanche, je vais vous expliquer. Monsieur est le psychiatre de notre institution. Tout ce qu'il vous a dit, toute cette histoire d'enquête et de livre est fausse. Cette opération avait un unique but thérapeutique et vous avez été parfaite. Vous vous êtes impliquée et, de jour en jour, nous trouvons que vous allez mieux* ».

Je me suis tournée vers le vrai psy et faux journaliste et je lui ai collé une gifle à dégommer la flèche de Notre-Dame de Paris sans l'aide d'une allumette. Puis j'ai filé dans ma chambre, j'ai attrapé mes affaires, les ai fourrées dans mon sac et direction la sortie. Mon coach essaie de m'arrêter, mais non seulement je lui donne une réplique de la baffe précédente, mais en plus je lui pique le téléphone dans sa poche. Avant qu'il ne reprenne ses esprits, j'appelle Gabriel. « *Je vais beaucoup mieux. Viens me chercher tout de suite* ». Leur pseudothérapie fait mal aux joues, mais elle a le mérite d'être efficace.

26

Quand la pétasse euphorise

Je me dirige vers la porte de sortie, mais en arrivant dans les couloirs et dans le salon-tripot-salle à manger, il se passe un truc pas normal. Tout le monde papote. Et vas-y que je rigole, vas-y que je pouffe, que je souris à mon voisin. Je les ai tous laissés prostrés et je les retrouve tous déchainés, comme si une espèce de gaz euphorisant avait envahi le centre. Ma guérison subite leur a peut-être fait du bien et ma joie est possiblement contagieuse. Mais j'ai comme un doute.

Pour en avoir le cœur net, j'interroge Rami. Je l'appelle comme ça, car c'est un tatillon du rami, ce jeu de cartes auquel il m'a initiée pendant mon séjour ici. « *Toi, t'es pas au courant* », me dit-il. Au courant du fait que je me barre d'ici dans exactement 41 secondes, ça, si, je suis au parfum. Mais encore ? « *Le président a parlé. On n'est plus en guerre, on peut sortir. Les attestations au feu, le ministre de la Santé au milieu* ».

J'avoue que la nouvelle me fait le même effet maousse que lorsque j'ai appris ma guérison de la bouche des édiles du corps médical psychiatrique. Et je chope le gobelet en carton que me tend Rami pour avaler cul sec l'espèce de kir frelaté contenant un mélange de gazole et de vins des différents pays de la communauté européenne. Partout dans la salle, dans les couloirs et les recoins, des petits groupes se forment pour discuter de la future balade du week-end et des vacances à venir. Mais le dirlo déboule pour siffler la fin de la récré.

« *Mesdames et messieurs, si vous voulez vraiment profiter du déconfinement, pensez d'abord à vous reposer pour être en pleine forme à la fin de votre séjour parmi nous* ». Je n'ai pas le temps de m'apitoyer sur le sort de mes condisciples, car j'entends la voiture de Gabriel faire des donuts sur le gravier de la cour de la maison de repos. Sans doute sa façon de me dire qu'il est content de me voir.

Ma valise ? Qu'ils la gardent. Les fringues qu'elle contient me rappellent de trop mauvais souvenirs. Je sors, je m'enfuis, je me jette dans les bras de mon mec et je déguerpis. Gabriel a compris, c'est fou ce que la perte de l'usage des jambes accroît la capacité des méninges. Il redémarre immédiatement sans me demander des nouvelles de mes petites affaires. Quelques minutes plus tard, retour à la maison. Le resto ? C'est pas encore permis, mon fauteuil roulant supersonique a tout prévu et va se transformer en cuistot.

Je redécouvre ma maison. L'entrée, le salon, la cuisine, et même ma chambre. Elle était mon tombeau il y a quelques jours encore et voilà que je lui trouve une allure nouvelle. Comme si elle avait changé de couleur. Elle était sombre, et la voilà toute claire. Gabriel m'assure qu'il n'a rien modifié, c'est donc moi qui étais daltonienne. Mes idées noires avaient envahi jusqu'à mon regard.

Une bouteille de Chablis et quelques écrevisses plus tard, je bondis. « *Mon poste à Rome. Ça y est, c'est bon. Puisque les restrictions sont levées, l'enflure peut plus me le refuser. On fait les bagages* ». Je cours vers le dressing suivi de Gabriel qui a du mal à me suivre. « *Tu devrais peut-être l'appeler avant et lui en parler* » me conseille le vieux sachem plein de sagesse. Je vais faire mieux que ça : je vais aller le voir tout de suite. À cette heure, il fait la sieste dans son bureau.

27

Quand la pétasse surprend le patronat

Quand j'arrive à l'accueil, il n'y a personne. Normal, tout le monde télétravaille. Mais j'entends un bruit, une petite musique plutôt, Comme un air d'Oum KalTHoum. J'entends des voix aussi et des petits rires étouffés qui viennent du côté du comptoir de l'accueil. Je m'approche et je vois Nordine le gardien qui sort d'une porte dérobée, l'air gêné. « *Je savais pas que tu allais venir. Y a personne dans la maison à part le boss* » Nordine je le connais depuis que je bosse dans la boite. Il était là avant moi. Ils ont construit l'entreprise autour de son guichet d'accueil et quand ils le détruiront, il sera le dernier à en sortir. Mais aujourd'hui il n'a pas l'air dans son assiette. « *Mais je m'en fous que tu fasses bar clando ici pendant le confinement, Nordine. Offre-moi un thé et je ne dirais rien à personne* ». Bingo, je l'ai percé à jour. Il retrouve le sourire et m'entraîne dans son café prohibé. Là, une dizaine de personnes sont rassemblées et papotent autour d'un café ou d'un thé à la menthe, *« mais je te jure, je ne sers pas d'alcool »*. Et même s'il en servait, je ne le dénoncerais pas aux alcooliques anonymes.

Mais quelque chose m'intrigue. Comment peut-il accueillir des clients dans son réduit alors que le patron est là ? *« Simple, il arrive tous les matins à la même heure et repart tous les soirs à la même heure aussi depuis le premier jour du confinement. Une horloge suisse. Il sort pas de son bureau de la journée, il sort même pas pour manger et je me demande s'il fait pipi »*. Étrange. Il pourrait travailler tranquillement chez lui pourtant. Il a les moyens de se payer un super appart et de ne pas être coincé dans un studio minable comme nombre de ses collaborateurs qu'il sous-paie. On m'a même dit qu'il vivait dans un énorme penthouse avec un rooftop.

Mais il ne sait pas que je suis là. Je suis venue à tout hasard pour voir s'il y était et si ce n'était pas le cas, je comptais sur Nordine pour me refiler son adresse perso, puisqu'il sait tout sur tout le monde. Je sirote mon thé, avale quelques gâteaux au miel et règle l'addition, malgré les cris indignés du patron de bar clando qui refuse mon billet.

Me voilà dans l'ascenseur, direction le 6e, l'étage de la direction. J'atterris dans un long couloir sombre. Le bureau du boss est tout au fond. Je le connais pour y avoir été convoquée pas mal de fois jusqu'à mon licenciement. Avant d'y accéder, il faut en passer par un autre bureau, celui de Pitbull, sa fidèle secrétaire, celle qui ne lâche pas son maître, et qui mord les mollets de tous ceux qui osent s'en approcher. Mais Pitbull n'est pas là. Son bureau est grand ouvert, mais celui de son maître est fermé. Il est même bouclé à double tour.

Où peut-il bien se cacher ? Je frappe à la porte, rien. Il n'y est pas. Aux toilettes peut-être. J'entre dans celles des hommes, j'ai pas fait le voyage pour avoir des pudeurs de midinette. Mais il n'y pas plus de boss aux urinoirs que de réflexion politique chez un militant extrémiste. Alors j'attends dans le couloir, il va bien ressurgir à un moment donné. Un quart d'heure se passe, puis une demi-heure et rien, ou plutôt personne.

Dépitée, je redescends au rez-de-chaussée. En passant devant le comptoir de Nordine, je me dis que je reprendrais bien une tasse de l'excellent thé de Nordine. En plus, derrière la porte, ce ne sont plus des chuchotements que j'entends, mais de grands éclats de rire. Je décide de contourner le guichet et je me dirige vers le petit réduit qui sert de bar clando. J'ouvre la porte et tout le monde se fige. Visiblement, vu leur mine ahurie, personne ne m'avait entendu, surtout pas lui. Il est assis au beau milieu d'un groupe de quatre à cinq papis arabes. Il sirote un thé, fume la chicha et s'envoie des palanquées de loukoums. Jusqu'ici, il avait l'air de franchement se marrer avec ses copains, mais lorsqu'il m'aperçoit, le boss se tait. J'ai l'impression qu'il cherche à disparaître dans le pouf marocain sur lequel il est accroupi. « *Vous pouvez pas comprendre. Vous pouvez pas savoir à quel point je m'emmerde chez moi* » parvient-il enfin à balbutier.

28

Quand la pétasse découvre la porte d'entrée vers la vraie vie

Ce n'est pas une chialade, mais un tsunami de larmes. Entre deux gorgées de thé à la menthe et trois bouffées de chicha, le boss, consolé par Nordine, me déballe sa *life*. Le confinement lui a ouvert les chakras et depuis, il n'est plus le même. « *Tu comprends — je te dis tu, car on est tous les mêmes sur cette terre. Tu comprends, à force de tourner en rond chez moi, j'ai réfléchi à mon parcours depuis toutes ces années. Je me suis rendu compte que ma vraie vie n'était pas là, dans les réunions, les voyages en business, les hôtels de luxe impersonnels et les rendez-vous avec tous ces gens qui s'habillent pareil, et parlent pareil, le même anglais international et creux. En plus chez moi, je ne peux même pas me servir de mon spa, il est sur la terrasse et il fait froid.* » Alors, il est retourné au bureau tous les jours, où il n'y avait évidemment personne, sauf le gardien. Et il a découvert son bar clando. « *Alors j'ai eu un déclic : c'est eux qui vivent la vraie vie, avec de vraies valeurs de survie, de vrais amis. Ils profitent de chaque instant et depuis, j'en profite avec eux, ce sont mes frères d'âme.* »

Mais sa femme ? Ses deux gosses ? « *Elle passe ses journées à acheter des trucs inutiles sur le web et les petits lui tournent autour en réclamant des jeux pour leur console qu'elle commande histoire d'avoir la paix. De temps en temps, elle daigne les coller en visio devant l'ordi quand la maîtresse leur donne un cours. En râlant parce que pendant ce temps, elle peut pas regarder ses tutos maquillage* ». Il ne lui viendrait pas à l'idée d'élever un chouïa ses enfants lui-même ? « *J'ai déjà une boite de 400 personnes à gérer. Je peux pas tout faire* ». En revanche, pour jouer au 421 avec ses nouveaux potes et boire du thé, il a trouvé un créneau. « *Tu vois, la vraie vie, c'est celle de Nordine. Il est aux 35 h, il gagne pas beaucoup bien sûr, mais quand il prend le bus pour rentrer dans les deux pièces de son HLM, il est content de retrouver sa femme et ses trois enfants.* »

Pendant que j'écoute le boss geindre et égrener ses soucis de riche, j'observe Nordine et son air ultra gêné. Il me jette des SOS du regard et au bout d'un moment, me fait un petit signe pour que je le suive. « *Excusez-moi, y a un colis qui arrive d'Angleterre, patron. Elle m'accompagne pour me traduire.* » Et nous voilà dans le hall, sans plus de colis que de jugeote dans la tête du boss. Nordine chuchote. « *Écoute, ça fait deux semaines qu'il est là, tous les jours, toute la journée. Il embête tout le monde et fait fuir les clients. Mais je peux pas le virer. Tu veux pas le prendre chez toi un petit peu ? T'inquiète pas, il mange pas grand-chose, des gâteaux et du thé, c'est tout. Et le soir il s'en va.* » Il y a des jours et des gens où l'on ne peut pas dire non.

Quand on revient dans le petit local, le patron continue de déballer ses affres ridicules à deux vieux arabes du quartier qui font semblant de l'écouter. « *Vous comprenez, les indices boursiers et le* return on invest, *ça me gonfle. Moi ce que je veux, c'est prendre le temps de penser, méditer et me concentrer sur les justes valeurs* ». Les papis descendus de leur plateau du Haut Atlas pour venir bosser dans une usine de banlieue jusqu'à leur retraite sont parfaitement en phase avec ses considérations, ou presque. Ils sont surtout soulagés quand je m'approche de leur drôle d'interlocuteur. « *Tu — puisqu'on se dit tu, tu veux pas passer à la maison ? Mon mec fait des loukoums d'enfer. Et il est super zen. Il va adorer ton nouvel état d'esprit. Il a exactement le même* ». Le boss sourit. « *De la nouveauté, de l'aventure ? J'adore. Je te suis* ». Le temps de prévenir Gabriel et de m'excuser d'avance du sale coup que je prépare, nous voilà sur le parking. « *Suis-moi avec ta voiture, ce sera plus simple* ». La patron lève le pouce et derrière lui, à une vingtaine de mètres, une dizaine de buveurs de thé lèvent leur verre en mon honneur avec un grand sourire. Et comme je parle parfaitement l'arabe, je peux même traduire ce qu'ils essaient de me dire. « *Surtout, enterre le bien profond au fond de ton jardin* ».

29

Quand la pétasse découvre le management infantile

Qualifier Gabriel de légèrement chafouin est très loin de l'état dans lequel je le retrouve en débarquant à la maison avec mon boss. Il fait les cent pneus avec son fauteuil quand on déboule dans le salon. Je le prends à part. « *Écoute, il est au fond du trou. Comme il est complètement con, il ne s'en rend pas compte, et pense qu'il est en quête de sens et d'autres balivernes dans le genre.* » En lui cloquant un bisou calmant, je l'achève. « *En plus, ça me fait un bien fou de voir quelqu'un de plus mal en point que moi. Et je suis sûre qu'en le baladant habilement, l'agence de Rome va tomber dans mes bras et fissa* ». Il daigne sourire et même saluer son hôte beaucoup plus handicapé que lui.

« *Elle a vraiment le goût de l'authentique cette petite bière* ». Il est affalé dans le canapé avec une mousse de supermarché à la main. « *Tu vois — on se tutoie ? — Tu vois, moi ce que je cherche, c'est des trucs simples. Je ne suis pas un gars compliqué. J'ai laissé mon image se faire sans moi, celle d'un patron dynamique, d'un PDG surbooké, d'un leader qui assure. Mais au fond de moi, je suis un enfant. La pandémie m'a ouvert les yeux. Je vais tout arrêter.* »

C'est la panique, je ne laisse rien voir, évidemment, mais du regard j'appelle Gabriel à l'aide. Si cet imbécile lâche l'affaire, je suis refaite. Byebye ma réintégration, ciao mon installation dans la Ville lumière. Mon chéri à roulettes prend l'initiative. « *Et si tu - on se dit tu, et si tu envisageais ton management différemment, plus simplement, d'une manière enfantine si tu préfères. Ce serait non seulement une manière de te prouver à toi-même que tes 20 années à la tête de la boite ne sont pas une fausse route, mais aussi de prouver aux autres qu'on peut diriger différemment, avec du sens.* » Je me dis que c'est cuit, qu'avec un jargon aussi énorme, il ne mordra jamais à cet énorme hameçon juste bon à choper une baleine stupide comme un esturgeon.

Je me suis trompée. « *Mais tu as raison. C'est ça que je dois faire, c'est ça que je dois inventer, c'est révolutionnaire : le management infantile, le leadership innocent. C'est ça la gouvernance du* XXI*e* *siècle* ». Et le voilà parti dans son délire. Gabriel se rend compte du cloaque dans lequel il a entraîné le naïf. « *Et toi Gabriel, tu vas m'aider. Tu vas être mon consultant en infantilisation. Quant à ta femme, elle est indispensable à cette boite. Elle revient et sera mon numéro 2, dans le bureau à côté du mien, à gérer l'opérationnel pendant que je me concentrerais sur le nouveau management* ». Adieu Rome, adieu la *dolce vita*. Je vois mes rêves s'envoler et s'échouer au pied d'un bureau triste dont je ne sortirai plus jamais.

Au lieu d'en vouloir au boss qui a grillé tout son tableau de fusibles, j'en veux à Gabriel qui l'a pris par la main pour l'entraîner dans cette impasse débile. Il tente de se rattraper et sort les rames. « *Quand je parlais d'infantilisation, c'était une image, une manière de te faire comprendre que tu dois allier ta quête de sens à ton quotidien et à ta boite, c'est tout.* » Mais le boss ne l'entend pas de cette oreille. « *Je vois que tu as un problème : tu n'oses pas. Mais à mes côtés, tu vas changer. Toi aussi tu as besoin d'exprimer tes besoins profonds* ».

Je les écoute, mieux, je les entends, et leur sabir se mélange dans ma tête. D'un coup, j'explose. « *Mais vous vous entendez les deux baltringues ? Entre un siphonné et un irresponsable, entre l'inconscient qui balance des idées débiles et l'autre qui est incapable de les décoder, vous faites la paire. Vous m'emmerdez tous les deux et moi je vous laisse à vos délires puérils. Ciao amigos !* ». Et je laisse les deux larrons en plan. Je ne sais pas si la porte a apprécié mon départ, mais le bruit qu'elle a fait quand je l'ai claquée tendrait à prouver que non.

30

Quand la pétasse swipe et matche

Trois semaines que je ne l'ai pas vue. Je devrais culpabiliser, mais en fait, cette garce de Soso ne m'a même pas calculée pendant tout ce temps. Sauf que c'est pas ma copine ni mon amie : c'est ma frangine. Et on pardonne tout à la famille. On est liées à jamais, même quand on se fait la gueule. Le « *lien indéfectible* » comme on dit dans les séries dialoguées avec les pieds. Je l'appelle ? Je lui envoie un message ? Rien de tout ça, je déboule chez elle directe. De toute façon, avec le temps et le Covid qu'il fait, elle peut pas être ailleurs.

Digicode, ascenceur, 2e étage : bingo. Elle ouvre la porte à peine mon doigt sur la sonnette. « *Je le savais, je le sentais* » et elle se jette dans mes bras. Pas d'excuses, pas de longs discours, pas de « *comment vas-tu* », pas de ça entre nous, pas besoin. Je lui déballe tout, dans le désordre : le boss cinglé, ma dépression, Gabriel qui me fatigue, la clinique Ramsay.

Soso sait que ce n'est pas la peine de répondre, il suffit de me laisser parler. C'est ça qu'il me fallait : évacuer, verbaliser (comme on dit dans la série de tout à l'heure). Je déverse, je jacte plus vite que je ne pense et que je ne respire. Tout remonte, c'est un tsunami de non-dits qui surgissent, des trucs enfouis depuis des semaines voir des années.

Il fait nuit quand j'ai fini et Sophie n'en revient pas, ne me reconnait pas. « *Tu veux boire un verre peut-être ?* » lâche-t-elle histoire de détendre le confessionnal. « *Je ne savais pas tout ça. Tu ne m'avais jamais parlé de ton enfance figure-toi* ». Attendez, je vous vois vous emballer, sauf que non, il n'y aucun scoop caché que je viens de révéler, je n'ai été victime d'aucun inceste, et je ne suis même pas une enfant du divorce. Certes je suis fille unique, mais tous les enfants qui s'emmerdent le mercredi ne deviennent pas des serial killers que je sache. Mais ma vie me dépasse, je ne sais plus où j'en suis, ni ce que je veux ni avec qui. C'est ce que je fais comprendre à Soso qui entre deux verres de Chablis, a toujours une idée, généralement saugrenue et sans aucun rapport avec la médecine, la psychologie ou la lecture de l'avenir dans les tripes de moutons.

« *Je sais ce qu'il te faut : Tinder* ». Quoi ? Pour me faire violer, détrousser et laisser pour morte dans un caniveau en rencontrant un inconnu pécho sur le web ? Elle insiste, en mode « *Inscris-toi, regarde comment ça se passe, t'es pas obligée de passer à l'acte* ». J'obtempère. Une photo, il me faut une photo. Justement, j'en ai une dans mon téléphone. Un truc façon Ava Gardner photoshopée à la truelle qu'un photographe soupirant m'avait offert. Comment ? Elle a dix ans ? Et alors ? Ça se conserve très bien une photo. Allez, je la glisse, Il faut que je me trouve un pseudo aussi, et une description.

Je laisse mon tél à Soso qui m'arrange tout ça. Puis l'algo se met en route. En moins de 15 secondes, c'est la bousculade. Des tonnes de garçons veulent « matcher » avec moi. Mais oui, je cause le Tinder. Et vas-y que je te « swipe » à gauche pour te virer, toi belhidalgo75. Pareil pour jackyGTI. Tiens, c'est qui celui-là ? Strangerinthenight qu'il s'appelle. Sa tête ? Brad Pitt à côté, c'est Nosferatu. Quant à sa description, elle est drôle, spirituelle, profonde et poétique à la fois. OK, je m'emballe peut-être un peu. En tout cas, il a écrit, *« tu es là quelque part, je le sais, telle une rose cachée parmi les pissenlits »*. Et moi, une petite salade aux lardons, ça me va. Je swipe à droite (ça veut dire que je suis OK pour discuter, bande de technophobes), on va voir si Brad est aussi spirituel en direct.

31

Quand la pétasse découvre le faux bonheur du like

Ça notifie tant que ça peut. Depuis deux minutes, mon téléphone est pris de convulsions tellement mon profil est liké, swipé, matché et approuvé. On veut me causer de partout, enfin de 80 km à la ronde comme je l'ai précisé à monsieur Tinder. Et je vois mon smartphone s'illuminer toutes les dix secondes, j'entends les « ding ding » s'accumuler à chaque notification et je suis comme une gamine. Il avait raison ce type de chez Google ou Facebook. Mais si, vous savez bien, ce gars qui expliquait le pourquoi du comment du like : on se sent ultra valorisé et ça nous files de la sérotonine. C'est un truc qui nous fait du bien à l'égo, qui nous narcisses comme c'est pas permis et on devient accro à cette joie chimique.

C'est exactement ce qui m'arrive. Je vais mieux, je me sens revivre et bien dans ma peau de femme. Et grâce à quoi ? Un algorithme qui me fait croire que la terre entière m'aime, donc me like. Enfin, surtout les matous qui ne pensent qu'à me coller dans leur lit à 80 km à la ronde. Du coup j'hésite. Je ne suis pas une perdrix née de la dernière pluie et je sais bien que tout ça est bidon, et que mon Brad Pitt des faubourgs a fait comme moi : il a collé une photo d'il y a dix ans et qu'il a des chances d'être aussi bedonnant que le commissaire Maigret. Mais n'empêche : le leurre numérique fait mon beurre.

Soso est à fond et me pique mon téléphone. « *Il perd pas de temps, Brad, il est chaud patate. Il veut un rencard direct. Attends, je lui réponds. Dans une heure au bar QG où on se retrouve toujours avec les filles* ». Je lui explique que d'une, me faire liker, ça me va, mais conclure, c'est pas pour moi. Et, surtout, que de deux, les bars sont fermés depuis le Covid. « *Pas grave, tu le retrouves devant et puis tu avises* ». Elle envoie son message avant que je ne sois d'accord. Je n'ai même pas le temps de discuter qu'elle me colle mon manteau sur le dos, me cloque mon sac à main autour du cou et me fout à la porte. « *T'as juste le temps d'arriver la première, tu l'attends, tu le mates depuis ta bagnole et tu décides de la suite des opérations* ».

Ça fait un quart d'heure que je poireaute et rien, personne. Comme le bar est fermé, que la rue est déserte, je suis seule dans ma voiture garée juste devant. Un peu trop repérable, je redémarre et me planque dans une contre-allée, juste cachée par un arbre, avec une vue imprenable sur notre ex-QG fermé. Et bien m'en a pris. Je suis arrêtée depuis cinq minutes à peine quand une voiture se range exactement à l'endroit où j'étais, pile-poil devant le café. Le conducteur éteint le moteur. Et je reconnais la voiture. Et je reconnais son propriétaire. C'est X, mon ex, avec mon ex-bagnole.

Je ne devrais pas, je ferais mieux de partir. Mais je ne résiste pas. Je sors de mon auto et cours jusqu'à la sienne comme une furie. Il est toujours au volant, avec un stupide bouquet de fleurs à la main et s'apprête à sortir. Je n'ouvre pas sa portière, je l'arrache. « *Alors mon salaud, on dragouille tranquillou sur Tinder ? Et en prime on colle une photo de profil qui n'est pas la sienne ?* » Mais l'enfoiré qui m'a servi trop longtemps de mari et de père pour ma pauvre fille ne se déballonne pas. La première surprise passée, il reprend la confiance. « *Et toi ? Je t'ai même pas reconnue sur ton profil. Et je te signale que si tu es sur Tinder comme moi, c'est pas pour une étude sociologique* ». Mais dites-moi, il aurait tout de même pas attrapé mon proverbial sens de la répartie depuis que je l'ai quitté ? Du coup, je me calme. Je me dis que le match se finit à un partout et qu'en plus, je lui aurais bien offert un verre, mais comme le bar est fermé, j'arrête les hostilités. On se promet de boire un café quand les troquets réouvriront et on se quitte bons amis, ou plutôt, moins mauvais ennemis.

32

Quand la pétasse se prend pour la fée encaustique

Je suis dans ma voiture sur la route du retour. Mais quel retour ? Où est-ce que je peux bien aller maintenant ? Chez Soso pour la remercier de m'avoir poussée vers ce machin virtuel ? Ce Tinder dont je n'avais rien à faire, mais qui m'a fait du bien à l'ego et m'a permis d'enterrer la hache de guerre avec X, pour me contenter d'une guerre froide à défaut d'une véritable paix ? Je pourrais aussi sagement retourner à la maison. Mais non, impossible. Pas question de me dégonfler devant Gabriel qui m'a humiliée devant mon boss et avec sa complicité. Je vais te me le laisser mariner dans ses remords celui-là.

Et si j'allais voir ma fille ? C'est chez moi, après tout. C'est moi qui paie le loyer de son cagibi hors de prix tout de même. C'est parti. En plus, je ne l'ai pas vue depuis des lustres. Elle a refusé de se confiner chez nous, sous le prétexte de son indépendance. Tu parles : je lui réglais les commandes de sa bouffe tous les deux jours et Gabriel lui faisait des attestations de sa boite pour ses déplacements. Confinement ? Quel confinement ?

Je sonne chez elle, mais elle n'y est pas. Maintenant qu'elle est encore plus libre que l'air, elle doit faire le tour de ses copines. Quant à son copain, je ne sais même plus lequel est en haut de sa longue liste, et si elle fréquente encore le dernier que j'ai vu passer. Les chats ne font pas des chiens et je me revois à son âge avec mon carnet où je notais les mecs que j'attrapais dans mes filets de chalutier de la séduction.

Mais j'ai les clés. Alors je rentre. Merde, elle a été cambriolée. Je mets quelques secondes à réaliser qu'en fait de voleurs, Anna n'a besoin de personne pour ravager son studio. Heureusement qu'il ne dépasse pas 20 m^2. Je mets un bon quart d'heure à passer de la porte d'entrée au canapé-lit gourbi où elle dort, au fond de la pièce à trois bons mètres. Pantalons, chaussettes, casseroles, paquets de clopes vides, bouquins de cours, il y a de tout. Sur ma longue route vers le canap je retrouve même un collier que je cherchais chez moi depuis un an. La pie est plus voleuse que rangeuse. En quittant la maison, ou sa chambre était à peu près aussi nickel que la planque d'un serial killer après une perquisition du FBI, elle m'avait pourtant promis. « *Tu sais mam, quand j'aurai mon studio à moi, je serais enfin responsable de mes affaires. Et personne ne rentrera chez moi sans enlever ses pompes* ». C'était même son argument principal pour justifier son départ de chez moi. Je ne sais pas si ses visiteurs enlèvent leurs pompes en arrivant, mais en tout cas, il y a des baskets partout, jusque dans l'évier.

Deux heures plus tard, c'est Versailles. La fée glamour s'est transformée en chiffonnette. Avec mon fichu sur la tête, mon seau et mon balai, je ne suis pas peu fière de moi. Je range ma poudre à récurer, mon produit pour vitres, mes chiffons, mes lingettes désinfectantes, mon vapo à la cire pour les meubles, et je suis comme un gardien de musée qui attend le client pour lui faire visiter ses merveilles. C'est une cliente qui entre. Anna a l'impression de s'être trompée d'adresse. Me remercier pour le ménage ? C'est pas vraiment dans son logiciel. Elle fait rapidement le tour de la pièce et en guise de conclusion lâche « *mais mam, je retrouve plus rien* ». Elle s'est quand même aperçue de ma présence, ce qui n'est déjà pas si mal.

Après une bise sommaire, on se pose enfin toutes les deux et on boit un café, à défaut d'un comptoir de café, toujours fermé. Je lui fais un topo rapide de ma situation perso. « *Tu peux rester ici le temps qu'il te faut, t'inquiète* ». Je suis absolument ravie que ma fille daigne me prêter mon appart.

33

Quand la pétasse retombe amoureuse

C'est sympa la vie de jeune fille dans un petit studio. Et pas seulement parce que tu en as vite fait le tour. C'est encore mieux quand t'as pas de cours à assurer, ni des parents qui viennent t'emmerder et que tu n'as pas besoin de compter chaque centime que tu peux dépenser. Je me sens d'autant plus guillerette que ma banque vient de m'appeler : je peux à nouveau faire rougir ma carte bleue. Un admirateur anonyme m'a viré l'équivalent de trois mois de salaire. Pas si anonyme que ça, puisque le virement provient de ma boite, ou plutôt de mon ex-boite. Du coup, je cogite, j'extrapole, je scénarise, j'analyse et je tombe sur l'évidence : mon boss m'a réintégrée et s'est dépêché de me régler ce qu'il me devait.

Mais si mon illuminé de patron a fait ça, ce n'est pas de sa propre initiative, pas possible. C'est qu'on lui a soufflé. C'est que quelqu'un l'a ramené à la sagesse. Et ce quelqu'un, il n'y en a qu'un : Gabriel. Mon homme s'est sacrifié pour moi. Il a dû lui promettre de l'aider, de le coacher dans ses élucubrations, il a dû se transformer en gourou, le pauvre. Et moi qui suis partie et qui l'ai laissé tomber comme une ingrate. Je m'en veux, je fais ma midinette de base avec sa réflexion basique : s'il est capable de faire ça, c'est qu'il m'aime vraiment.

Il faut que j'aille le retrouver, avant qu'il ne s'engage trop loin. Tant pis pour le fric, je peux pas le laisser faire ça. Bon, en même temps, ce fric j'en ai besoin. Ne serait-ce que pour faire un cadeau à mon chéri en fauteuil. Mais quoi lui offrir ? Non seulement il a tout, mais à part les hypermarchés, rien n'est ouvert. Il me faut des conseils. J'attrape l'ordi de ma fille partie en vadrouille et j'organise une visio avec les copines. Elles sont toutes chez elles. C'est l'heure de la sieste-télétravaillée et j'ai pas vraiment le sentiment de déranger.

Soso, Irène, Darjeeling, au rapport. Après les cris de joie et les embrassades virtuelles, je tente de mettre un peu de discipline vestimentaire dans cette réunion urgente « *Vous auriez quand même pu quitter la tenue leggings-T-shirt sortie de poubelle* ». Les filles protestent mollement. En même temps, c'est l'heure du réveil, il n'est que 15 h 30. J'expose les faits calmement, et je procède à un tour de table pour recueillir leurs idées.

Après quelques minutes de propositions en vrac, je reprends la main. « *Alors on a, dans le désordre, un mug avec Gabriel écrit dessus, un parapluie en tissu de drapeau à damier, un ouvre-bouteille électronique, une montre nucléaire, une valise Ferrari et une table basse en forme de roue de F1. Alors moi je dis : bravo, les filles, vous avez bien fait de vous réveiller* ».

Elles protestent, m'expliquent que je les ai placées devant le fait accompli, quand Darjeeling prend la parole. « *Écoute, je connais les garçons, j'en étais un d'ailleurs. Et je peux te dire qu'ils se foutent de ce genre de cadeau. Alors tu rappliques à la maison, tu te jettes dans ses bras et vous arrangez ça sous les draps* ». Applaudissements, validation générale de la proposition de Darjee, on promet de se revoir vite vite, fin de réu, et on raccroche.

34

Quand la pétasse devient cégétiste

Je ne suis pas du tout énervée : je fulmine, nuance. Je me retrouve dans ma voiture après être passée à la maison. Et toute à mon bonheur de retrouver Gabriel, je découvre sur la table, un mot griffonné vite fait. « *Je suis à la boite avec Jean-Guy, ne bouge pas, je te raconterais tout* ». Et non seulement l'abruti qui me sert de boss s'appelle Jean-Guy, mais en plus, il a embarqué mon mec dans ses petites affaires. Il faut que je le sorte des griffes de ce timbré.

Sur la route, je me fais des films. Pourquoi Gabriel ne m'a-t-il pas appelée, ou laissé un message sur mon tel ? L'a-t-on forcé à écrire ce petit mot sous la menace ? Est-il otage du patron psychopathe ? En arrivant, je tombe sur Nordine toujours à l'accueil — tripot clandestin. Il a bien vu le boss passer tout à l'heure et il était accompagné d'un handicapé. « *Je l'ai jamais vu comme ça, je te jure. Même pas il voulait un thé. Il avait l'air pressé d'aller dans son bureau. Tu te rends compte ?* » Il doit faire chanter mon Gabriel, c'est pas possible autrement. J'appelle l'ascenseur et file directe au 6e.

Quand la porte s'ouvre, j'entends des rigolades, au bout du couloir. La porte du patron est restée ouverte, je cours et j'entre. Mes deux lascars sont l'un en face de l'autre. Le boss a les pieds sur la table et Gabriel se tape sur les cuisses en se gondolant. Jean-Guy est le premier à m'apercevoir. « *Tu tombes juste à pic : on vient tout juste de signer et on est en train de fêter ça. Figure-toi que mon entreprise devient le sponsor officiel et exclusif du team de Gab. Désormais je l'appelle Gab et il m'appelle Guyguy. L'autre nouvelle te concerne : non seulement tu réintègres la maison, mais tu es promue. Tu es désormais* sponsoring executive officer. *Je crois que ça s'appelle comme ça. En tout cas, te voilà en charge des partenariats de la maison, à commencer par celui avec ton mari. Oublie cette histoire de Rome, l'Italie c'est pas bon en ce moment avec le Covid* ».

Je suis sonnée, ou plutôt dans un coma avancé. C'est simple : je n'arrive même plus à réfléchir, tellement tout ça me parait ahurissant. Je fais face à deux gamins qui font joujou avec leur boite comme si c'était des petites bagnoles Majorette. L'un doit faire tourner une entreprise de 400 personnes, l'autre possède un team engagé en championnat du monde des rallyes avec 4 pilotes, 12 ingénieurs et une tripotée de mécanos et d'administratifs. Et vas-y que je te joue tout ça sur un coup de tête et que je te mette le boulot de ces gens en péril. Au secours, Lénine, réveille-toi, ils sont devenus dingues. Il me prend soudain comme une grosse envie de CGT, de banderoles, de merguez froides et de manifs chaudes.

Il faut que je sorte de ma sidération, que j'en finisse avec ma paralysie qui m'empêche de sortir un traitre mot. Je dois à tout prix mettre fin au massacre auquel ces deux idiots sont en train de se livrer. Le boss, son sort m'indiffère, mais pas celui de Soso, Irène et de tous ceux qui bossent ici. Quant à Gabriel et son team, il faut que je les tire de là, même contre leur gré. Car un financement pareil, non seulement il va couler ma boite, mais il ne suffira jamais à faire tourner la boutique de mon bagnolard qui va mettre les clés de sa bagnole sous la porte du tribunal du commerce. Et soudain j'ai une idée. Et d'un coup tout va mieux. Je retrouve ma liberté de mouvement, et surtout, la parole.

« *Écoutez, je pense que c'est une excellente idée. Et je suis ravie du nouveau rôle que vous, enfin que tu, m'offres. Je suis d'ailleurs tellement enthousiaste que je vais immédiatement me mettre au boulot, en commençant par établir un rapport sur le retour sur investissement de la saison à venir. Il sera près demain matin et je pense que dans la foulée, il faudra réunir les actionnaires de la boite et le comité d'entreprise pour leur annoncer la bonne nouvelle et leur exposer mon rapport.* » Dans la foulée, je les laisse à leur bière et je rentre à la maison pour mettre au travail. Déprimée moi ? À d'autres.

35

Quand la pétasse devient comptable

J'ai jamais vu la porte de ma chambre qui me sert aussi de bureau s'ouvrir aussi doucement. Je suis installée depuis deux heures et Gabriel tente d'entrer. Il tente un timide « *ça va ?* » auquel je réponds d'une manière aussi sèche que si j'avais des cailloux dans la bouche pour le lapider. « *Dîne, ne m'attends pas. Faut que je finisse ce truc* ». J'ai des dizaines de tableaux Excel ouverts sur mon écran, dont une bonne partie de la compta du team Levasseur que je lui ai piqué en douce. J'ai tout : le prix d'une saison, les salaires des pilotes (sympas le salaire d'un bon coup de volant), le prix du développement d'une voiture et il ne manque que les tarifs des mouchoirs en papier que mes deux zigs vont utiliser pour pleurer quand ils vont découvrir mes petits calculs.

En face, j'aligne les retombées médias, calculées au prix d'un spot de pub de même durée. Les autos de Gabi ? On les voit à minuit sur les chaines de sport quand personne ne regarde. Les papiers dans la presse et sur les sites spécialisés ? Il y en a des tonnes, que personne ne lit, et surtout pas la cible de notre boite qui va s'afficher sur les bolides. Car les passionnés de rallye se fichent de connaître un cabinet d'audit et de conseil comme de leur premier aileron de tuning de la Golf GTI de 1985 qu'ils bichonnent.

Quelques heures de plus, et j'étale tout ça dans un joli rapport imprimé et broché où, en guise de conclusion, j'explique que non seulement, pour que le team vive correctement, ma boite devrait verser 20 % de son chiffre d'affaires, mais que malgré ça, ce serait de l'argent foutu par les fenêtres. Quant au team en question, malgré cette somme, il perdrait tous ses sponsors en matériel (pièces, pneus, etc.), ne pourrait pas finir la saison, et filerait droit vers le mur du dépôt de bilan. Résultat : deux boites au tapis si le contrat signé entre les deux zigs est validé par les actionnaires et le comité d'entreprise. Plutôt contente de moi, je vais voir mon team manager qui s'est assoupi devant une course de tracteurs diffusée par l'Équipe 21.

Quand je reviens près de lui avec mon plateau de TV diner, je lui chope la zappette et me colle devant BFM Business. « *Tu t'intéresses au cours de la bourse ?* », me demande-t-il en se réveillant au son de la cloche de Wall Street. « *Ouais, à la vie des entreprises aussi. Bonne nuit mon chéri.* » Et je pars me coucher.

Impossible de fermer l'œil. Il est trois heures du matin et je fais la toupie dans mon lit. Autant me lever. Autant retourner à mon bureau. Car dans mes cogitations nocturnes, j'ai oublié un tout petit truc que m'a soufflé le petit diable cégétiste qui sommeille en moi depuis hier. Alors j'ai pris le fichier de mon rapport, et je l'ai envoyé à l'ensemble du personnel de ma boite, et à l'ensemble des salariés de celle de Gabriel. Après tout, il n'y a pas de raison que seuls les actionnaires et les délégués du personnel soient au courant de ce qui se trame. Il n'y a strictement aucune raison pour que tous les autres laissent les mauvaises affaires se goupiller dans leur dos.

Sur cette bonne action, je vais me recoucher. Et, telle une lanceuse d'alerte internationale qui vient de dénoncer un puissant méfait mondial de la NSA et de la CIA réunies, je m'endors la conscience tranquille. Et sans même penser à demain matin, qui pourrait bien être le premier jour du reste de ma vie. Ou peut-être bien d'une tout autre vie.

36

Quand la pétasse est aux mains des forces spéciales

Je me lève comme une fleur et m'aperçois que Gabriel a déjà filé. Il doit être dans ses locaux pour retrouver son team après deux mois de télétravail. Quant à moi, après une excellente nuit peuplée de doux rêves révolutionnaires, me voilà au volant, filant vers le bureau. Mais à 200 m des locaux, un car de CRS bouche la route. J'avise le plus casqué et le plus galonné de la meute de gendarmes mobiles pour lui expliquer que ça va pas du tout, que je bosse dans l'immeuble au bout de la rue et que je vais être en retard. Le type me demande mes papiers, les chope et s'en va en discutant dans son talkie. Je le vois qui acquiesce, qui opine du chef à un chef certainement encore plus chef que lui et revient vers moi. « *Veuillez nous suivre, madame, je dois vous emmener au QG pour rencontrer le négociateur* ».

Je ne sais pas si c'est son casque sanglé serré autour de sa mâchoire, mais je ne comprends rien. Pourquoi le suivre ? Pourquoi un QG ? Et surtout, pourquoi un négociateur ? Mais deux autres CRS m'encerclent déjà. Ils ne me soulèvent pas, mais dirigent mes pas de près vers un camion garé à l'écart. Une échelle permet de grimper à l'arrière d'une espèce de cellule aux couleurs de la police. Elle est surmontée d'un tas d'antennes, c'est le QG de campagne de la 13e compagnie de CRS.

À l'intérieur, trois types discutent autour d'une table. « *C'est elle mon commandant* ». Mon chef au casque serré m'a présenté aux autres gradés et s'en est retourné. « *Asseyez-vous, on a un problème* ». Le plus vieux des trois m'invite à rejoindre la fine équipe autour de la table. Moi, je trouve que ça commence à bien faire. On me trimbale façon Mission Impossible et il ne manque plus que le bandeau noir sur les yeux. « *Vous voulez quoi ? Vous cherchez quoi ? Je suis accusée de terrorisme aggravé ? J'ai volé une trouilloteuse ? J'ai détourné la photocopieuse ? Qu'est ce qui se passe ici et pourquoi tous ces mystères ?* »

Voyant que je commence à péter les plombs, le plus âgé de la bande me propose un café (soluble) et une chaise (pliante). « *Calmez-vous, on a besoin de vous.* » Et de m'expliquer que depuis 7 h ce matin, un piquet de grève s'est monté devant la boite, que 200 personnes bloquent les entrées, qu'elles ont dressé une barricade avec les canapés de l'accueil et sont en train de foutre le feu aux Chesterfields en criant « *l'argent c'est pour les salariés, pas pour les cinglés sponsorisés* ».

D'un seul coup d'un seul, je mesure l'ampleur des emmerdements que j'ai provoqués. « *C'est vous la lanceuse d'alerte, et c'est vous seule qui pouvez nous aider à négocier, car les manifestants séquestrent deux otages au sixième étage. Ils tiennent le patron de la boite, et un handicapé inconnu des services.* » Le vieux qui semble être le chef des opérations se tourne alors vers un type plus jeune et à peu près aussi costaud que Mike Tyson du temps de sa splendeur. C'est peut-être le boxeur poids lourd lui-même d'ailleurs, puisqu'il porte une cagoule et on ne voit que ses yeux et la bouche. « *Voilà la commandant X. C'est le patron de l'escadron du GIGN qui est en train d'encercler le bâtiment.* » Le type est raide comme un piquet et n'a qu'une envie : se mettre au garde-à-vous devant tout ce qui bouge. « *J'attends les ordres, chef. J'attends l'autorisation pour donner l'assaut, chef* ».

Dis donc, la cagoule, je vais te lancer une baballe et tu vas te calmer. Allez, au panier. Je me garde bien de lui expliquer ça, bien au contraire, je fais ma mijaurée. Je leur raconte tout, en ajoutant que l'handicapé qui va couler la boite avec son complice le patron, c'est mon mec, et que j'ai pas du tout envie qu'un sniper lui tire dans les pneus de son fauteuil, ni dans aucune partie de son anatomie.

37

Quand la pétasse devient Casque bleu

Je les vois dans mes jumelles. « *Moi aussi, je les ai dans ma lunette* », m'explique le sniper à côté de moi. On est allongé sur le ventre, côte à côte, sur le toit de l'immeuble juste en face du sixième étage de la boite, et en face de nous, dans le bureau patronal, Jean-Guy et Gabriel sont en train de discuter avec trois types, dont l'un que je reconnais. On l'appelle Amédée de la Cégété. Un titre de noblesse dont il use depuis des années. Il s'occupe des fournitures de bureau à mi-temps, et du local syndical en archi plein-temps.

Jojo la gâchette à côté de moi à l'air de joyeuse humeur. « *Cool, le syndicaliste est le moins remuant du groupe, ça va être du gâteau pour moi* ». Il va quand même pas dessouder mon Amédée celui-là. Il est adorable ce gars. Entre deux tracts contre le patronat, il garde toujours le portable dernier cri pour moi, comme j'en casse un par mois. Heureusement, le commandant est là pour calmer le fébrile du flingage. « *Répondez au téléphone, que l'on puisse discuter* », hurle-t-il dans son mégaphone à l'adresse d'Amédée.

Voilà que ce dernier ouvre la fenêtre et met ses mains en porte-voix. « *Il est éteint. Envoyez-moi un chargeur, c'est ma première revendication. Le mien est mort, saloperie de matériel chinois* ». Derrière moi, la petite troupe, toujours à plat ventre, s'agite. « *Mais non, je lui donne pas le mien, dans quel état je vais le retrouver après l'assaut ?* ». Mais visiblement, c'est un ordre venu de Très-Haut et le jeune sergent obtempère et dépose son chargeur dans un petit panier relié à un drone. Le panier s'envole direction vers le bâtiment d'en face. Amédée ne tarde pas à le récupérer et nous remercie, pouce levé. Dans quelques minutes ils vont pouvoir discuter. En attendant s'installe une sorte de cessez-le-feu provisoire et j'en profite pour me relever. Mais les opérations commando, en jupe serrée, sont un tantinet plus complexes à mener. J'ai relevé la mienne pour mettre dans la position du tireur couché et éviter de trop l'abimer, ce qui a le don de perturber mon sniper qui a failli dégommer les pauvres canaris de la vieille dame de l'immeuble à côté de ma boite en me voyant.

Au bout d'une dizaine de minutes, ce bon Amédée relève une fois encore son pouce, signe que son téléphone est suffisamment rechargé. Le commandant, le sous-commandant, le surlieutenant et le lieutenant-colonel encerclent alors un pauvre haut-parleur qui n'a fait de mal à personne et entament une conf-call avec lui. Le plus gradé entame la conversation. « *Qu'est-ce que vous voulez Amédé Boudegrain, habitant au 26 avenue Lénine et père des deux enfants de 12 et 14 ans scolarisés au collège Léon Trostky ?* » Il lui a lancé ça histoire de montrer que le pauvre bougre est archirepéré. L'Amédée en bafouille, impressionné. « *Ben je, enfin nous voulons que l'entreprise renonce à ce, à cette opération de sponsoring qui va nous emmener vers un gouffre financier et qui va mettre 400 travailleuses et travailleurs au chômage. Voilà ce qu'on veut* ». L'autre sentant le syndicaliste déstabilisé en profite. « *Relâchez d'abord vos otages, et vous pourrez en discuter entre partenaires sociaux, comme la loi l'indique* ». Mais l'autre reprend du poil de la bête. Faut pas trop le chercher, l'Amédée. « *Jamais. On veut un accord, et on relâchera personne avant* ».

La situation est bloquée. Va falloir intervenir, sinon, entre les képis et les bobs de la CGT, ça va sacrément se durcir. D'autant qu'en bas, devant l'entrée de l'immeuble, les salariés commencent à s'échauffer devant le cordon de CRS. Sur leur barricade de canapés, je vois Irène et Soso qui leur font de grands doigts d'honneur, visiblement ravies de cette réunion, qui pour une fois ne se tient pas sur zoom. Je m'approche du petit haut-parleur. « *Arrête, Dédé, tu peux pas garder deux handicapés en otages. L'un est limité du bulbe et l'autre des jambes. Pense aux droits de l'homme, à la Constitution, à la troisième Internationale et relâche-les.* » Pas de réponse : la CGT réfléchit. Je reprends, « *oh et puis merde. Tout ça est de ma faute. J'arrive, je vous rejoins, tu me séquestres si tu veux, mais on va discuter sérieusement* ».

38

Quand la pétasse devient super négociatrice

Vous voyez la mine admirative du public de la fashion week lorsqu'un top model clôture le défilé d'un grand couturier avec la traditionnelle robe de mariée ? C'est le même regard que m'adressent les 300 salariés de la boite lorsque je traverse le cordon de CRS et que j'enjambe la barricade de canapés pour entrer dans le bâtiment. En fait de robe de mariée, je porte ma petite jupe noire serrée légèrement sale et un peu déchirée, car elle n'a pas bien supporté la séance allongée sur le rooftop de l'immeuble d'en face. Si j'ai le maintien d'un top sur son podium ? J'ai mieux que ça : l'assurance de la négociatrice en chef capable de débloquer tous les conflits, suivie de son escorte de gradés. Soso, Irène, Cheffaillon, Nordine et les autres sont tous là et m'encouragent. *« Vas-y montre leur qui est la patronne »*.

Patronne ? L'ivresse du grand soir leur a chamboulé le cortex ma parole. Moi en tout cas j'avance vers la zone de conflit, mais en prenant l'ascenseur, mes trois militaires aux basques. « *Alors nous on se planque et on vous couvre dès que vous entrez dans le bureau. En face, le sniper est également à son poste* ». Arrivés au 6e, je remonte le couloir pendant qu'ils se collent au mur, le flingue dégainé.

La porte du bureau du patron s'ouvre sans même que j'ai besoin d'actionner la poignée. Pour une arrivée discrète, c'est réussi. L'un des deux syndicalistes qui accompagnent Amédée referme rapidement derrière moi. À l'intérieur, Gabriel a l'air parfaitement détendu sur son fauteuil, un café en main. Derrière son bureau, Jean-Guy n'a pas l'air plus affolé. Il est en pleine discussion avec Amédée qui lui explique « *qu'évidemment, c'est une équipe d'individualités, y a jamais eu de collectif au PSG depuis l'époque de Francis Borelli* ». Le patron hausse le ton. « *Tu exagères Amédée, c'est ton côté communiste ça, toujours à vouloir du collectif partout* ». Gabriel intervient, plus posément. « *Il a pourtant raison Amédée, c'est essentiel le collectif. Toi tu ne vois ça qu'avec ton œil de patron libéral. Mais regarde, mes pilotes n'iraient pas très loin sans le team qui travaille sur les voitures* ».

Va falloir que j'intervienne. « *Ça va les copains de comptoir ? Vous voulez reprendre une tournée avec des cahouètes ? Vous savez qu'avec vos conneries vous avez mobilisé deux compagnies de CRS, un escadron du GIGN et mis 400 personnes dans la rue ?* ». Amédée voyant que je fulmine un tantinet me prend par le bras pour m'entraîner à l'écart des deux gamins qui me servent de mec et de patron. « *Écoute, on a beaucoup discuté avec Guyguy et Gab. Et soit dit en passant, ton mec est super sympa. Quant au patron, on se connaissait mal lui et moi et on s'est enfin ouvert l'un à l'autre et il se trouve qu'on veut la même chose, c'est juste nos manières d'y arriver qui diffèrent* ». Mon Dieu, les idées stupides du patron avaient déjà contaminé Gabriel, mais elles ont aussi atteint ce pauvre Amédée de la Cégété. « *Pas du tout,* corrige-t-il. *En fait on est tombé d'accord tous les trois pour se sortir de ce guêpier, et rassurer les salariés et même les actionnaires. Mais on ne peut pas annoncer ça tout de suite, sinon ça éveillerait les soupçons de tout le monde, les salariés comme les flics penseraient qu'on est de mèche. Alors on laisse monter la pression et en attendant, on papote* ».

Parfait, tout le monde s'aime, happy end. « *Mais au fait, vous êtes d'accord sur quoi et vous voulez annoncer quoi ?* ». C'est là que je sens mon Amédée un peu gêné. Il se tourne vers Gabriel. « *Explique-lui toi* ». Je vois mon gabichou louvoyer avec son fauteuil vers moi, ce qui n'est jamais très bon signe.

Il commence par me prendre la main. « *Tu m'as manquée, tu sais* ». J'abrège les préliminaires. « *Alors, accouche. Pourquoi c'est si compliqué à avouer, votre accord de branquignol ?* » Un 360 de son fauteuil plus tard, il lâche enfin le morceau. « *Alors voilà, pour que tout le monde soit content, Guguy et moi on a décidé de rompre le contrat de sponsoring. Moi de mon côté, je garde mes partenaires de la saison dernière et lui, a décidé de revendre ses parts dans la société.* » Bon, c'est déjà pas mal. On progresse. Mais il continue. « *C'est pas tout. Le mal est fait, les salariés ne sont plus en confiance et les actionnaires non plus. Il faut un nouveau PDG à cette boite. Quelqu'un qui a la confiance des gens qui bossent ici et qui a démontré aux actionnaires qu'il était capable de dénoncer les dérives qui pouvaient leur faire perdre de l'argent. Ce nouveau PDG idéal, c'est évidemment toi.* »

39

Quand la pétasse joue les filles de l'air

C'est la même entrée, du même bâtiment. Mais il n'y a plus un CRS devant, ni un canapé. À l'accueil, Nordine me salue. « *Tu veux un thé à la menthe ?* ». Dans l'ascenseur, je croise Amédée. « *Si ton portable est cassé, tu me le dis, j'en ai rentré des nouveaux, c'est des bolides* ». Au 6e, je file droit sur la porte du fond. J'ouvre et je vois Gabriel derrière le bureau. Son bureau. « *Comment ça va aujourd'hui monsieur le PDG ?* ».

Stop, arrêtez tout, y a une erreur de casting là. On avait dit que le boss c'était moi, pas lui. Mais ça ne s'est pas passé exactement comme ça. J'embrasse mon Gabi et il me demande « *ça va, tu es sûre que tu ne regrettes pas ? Tu ne t'ennuies pas trop* ». M'ennuyer ? Puisque c'est vous, je vous dresse un petit récap de ces dernières semaines.

À la fin de la séquestration de Gabriel et Jean-Guy, on s'est tapé dans la main et on est tous sortis du bureau pour se présenter devant les salariés, mégaphone à la main et GIGN derrière nous. J'ai pris la parole et j'ai déclaré que je reprenais l'affaire, sous les cris de joie. Dans la foulée, j'ai même obtenu la rédemption de Jean-Guy « *comprenez, il était en burn-out après s'être battu pendant vingt ans pour vous* » et de Gabriel « *il cherchait désespérément à sauver son team et surtout ses 60 salariés. Cette signature, c'était celle d'un homme aux abois, avec un cœur gros comme ça* ».

Sous les vivas, on est tous passés à la maison pour fêter ça. L'ex-boss, mon team manager préféré, Soso, Nordine, Amédée, Irène, Darjeeling, chefaillon et sa comptable de copine. Il ne manquait personne. Le champagne que Gabriel conservait pour ses rallyes gagnés n'a pas réussi à finir la première spéciale, décapitée par cette victoire syndicalo-patronale.

Pourtant, il manquait quelqu'un. Anna n'était pas là. Au début, je n'y ai pas prêté attention. Elle m'a expliqué que son nouveau crush, un footballeur prometteur, lui offrait un week-end aux Roches blanches, le magnifique hôtel de Cassis avec balade obligée en cabriolet sur la corniche. « *Tu comprends mam, avec la fin du confinement, faut que je profite. T'as entendu parler de la précarité des étudiants ? C'est terrible ma vie, alors une bouffée d'oxygène et je dis merci* ». Mais oui ma fille, ta vie est tellement trop précaire, profite. Alors je l'ai laissée filer avec son ailier droit.

Son absence ne m'a pas posé plus de problèmes que ça. J'avais mon amoureux, mes amis, et futurs collaborateurs rien que pour moi. On tirait des plans sur la comète d'un futur professionnel radieux, d'une boite qui marcherait du feu de dieu. Et puis, d'un coup, pendant que tout le monde parlait en même temps, je suis rentrée dans ma coquille. Comme si je ne les entendais plus. Comme si je me rendais compte que je n'avais jamais voulu tout ça. Que ma vie était en train de m'échapper. Comme si ce nouveau job, cette nouvelle vie, et même mes amis et mon mec, m'avaient été imposés, que je n'avais jamais rien choisi. Une évidence, d'un coup, comme ça.

« *Mais si, tout va bien. Je vais juste me reposer cinq minutes. Ça va passer* ». Les autres se sont aperçus que quelque chose clochait. Alors je me suis réfugiée dans ma chambre, mon bon vieux cocon, celui des idées noires.

Je me suis mis en boule sur mon lit. J'ai voulu appeler Anna. Non, j'ai préféré lui envoyer un message. « Reste à Cassis, garde la chambre une nuit de plus. Laisse repartir ton ballon d'or. J'arrive. » Je me suis relevée, j'ai attrapé trois fringues dans mon placard, je les ai collés dans un sac, et j'ai sauté par la fenêtre, direction ma voiture. En démarrant, j'ai remercié Dieu et Gabriel d'avoir choisi une maison de plain-pied. Même si elle non plus ce n'est pas moi qui l'ai choisie.

40

Quand la pétasse se prend pour Ravaillac

La gamberge nocturne, c'est nocif. Pas seulement parce qu'elle empêche de dormir, mais parce qu'on ne se trimballe que des idées aussi noires que le ciel. En revanche, la gamberge automobile, celle que l'on pratique en enquillant seule des centaines de kilomètres de bitume est souvent salvatrice. C'est ce que je me dis en m'arrêtant toute joyeuse sur une aire déserte de l'autoroute du Sud. À part des routiers qui transportent des « denrées essentielles », il n'y a strictement personne. Je papote avec eux autour d'un court sucré lorsqu'une camionnette de la gendarmerie déboule.

Évidemment, je sens que les pandores vont se diriger droit vers moi. Ils savent bien que les routiers sont blindés d'autorisations. Avant que les brigades du tigre ne m'interceptent, je file droit aux toilettes. Au fond de mon sac, je retrouve une de ces maudites attestations vierges de toute empreinte de courses urgentes, de pratique sportive (d'une heure) et d'impératif médical. Et d'un coup de stylo, je m'autorise moi-même des déplacements professionnels que je signe moi-même. Ça a du bon d'être catapultée pédégère. En sortant, ça ne loupe pas : deux gendarmes à l'accent forcément du midi, veulent savoir ce que je fais ici. Je leur tends mon torchon. « *Boudiou. Vous voyagez énormément ma p'tite dame qu'on dirait vu l'état du document* ». Et de leur expliquer que je dois absolument faire le tour de France de mes agences, histoire de les remotiver après deux mois et demi de télétravail ou de chômage partiel. « *Je comprends* », me dit l'adjudant-chef.

Et me voilà repartie vers le Sud. Et me voilà de retour à mes chères gamberges. Est-ce la fameuse frontière nord-sud, la porte du soleil qui s'ouvre sur le midi, les grillons et les couleurs ocres du côté de Valence qui se pointent ? Toujours est-il que je viens soudain de résoudre tous mes problèmes, d'un coup d'un seul. Un flash, un coup de génie, une idée fabuleuse. Reste plus qu'à appliquer mon plan de manière militaire et coordonnée. Pour l'instant, le génie que je suis peut tranquillement retourner à son autoradio et chanter faux des chansons débiles de chanteurs qui beuglent presque aussi faux que moi.

Trois heures, quatre-vingts démons de minuit et sunlights des tropiques plus tard, je sors de l'autoroute, direction Cassis. Le dribbleur d'Anna s'en est retourné à son entraînement, et elle nous a gardées une chambrette aux Roches blanches, avec vue sur la plage déserte pour cause de Covid et de mois de mai frigorifique. « *Elle est au spa* », m'assure le type de la réception. Bonne idée. Me faire dorloter, voilà qui rentre dans mes ambitions du jour. Je vais même me faire tripoter tiens. Car en arrivant au « Spa de Vénus et Poséidon », j'opte pour le massage grand large.

En fait de grand large, c'est des mains de la masseuse qu'il s'agit, au creux desquelles une balle de bowling doit faire l'effet d'un cochonnet. La propriétaire des mains est proportionnée à ses extrémités : 1,80 m au garrot et des muscles partout. « *C'est la sœur de Mr Propre* », me glisse Anna en me sautant au cou. Ma fille a peut-être des références d'un autre âge, mais elle est magnifique après sa cure de foot et de spa. « *Fais gaffe quand même, elle a plus l'habitude de masser des rugbymen que des douces et splendides créatures comme nous* ». En plus, Anna me fait un compliment en me comparant à elle, ses petites vacances et son nouvel amoureux ont décidément réussi là où j'ai échoué pendant vingt ans.

Mais si les piliers du XV de Cassis ont résisté aux assauts de madame Propre, j'y parviendrai aussi. Et je m'allonge sur la table de massage. « *Bonjour, je m'appelle Cindy* ». Avec son physique et sa voix de ténor, je lui voyais un patronyme plus guttural, genre Frénégonde, mais va pour Cindy. Et la voilà qui me palpe, me tord, me soulève, me retourne, me malaxe comme un pâton de boulanger mal pétri. Au bout de deux minutes de ce régime, je me sens écartelée comme Ravaillac. J'ai envie de supplier, de lui expliquer que je n'ai pas tué Henri IV, mais elle continue. Après un quart d'heure de torture, elle me repose sur la table. « *Ne bougez pas pendant 10 minutes. Et après vous allez vous sentir tellement bien que vous aurez l'impression de flotter, tout en légèreté* ». Pour l'instant, il n'est pas question que je bouge, je suis paralysée des quatre membres. En plus, trente secondes après l'ordonnance de Frénégonde Propre, je m'endors subitement.

41

Quand la pétasse s'aperçoit que sa fille a grandi

C'est ma fille qui me tire de mon sommeil, en m'offrant un verre de thé glacé. « *Faut qu'on cause mam* ». Venant d'Anna, ce genre de sentence a généralement trois buts, selon les jours : me taper de l'argent, me demander du pognon ou exiger du flouze. Je la suis néanmoins, en peignoir et claquettes, à travers le hall jusqu'au canapé près du bar. « *Je n'ai pas payé le loyer de ta chambre ? Je ne t'ai pas viré ton argent de poche ? Je ne t'ai pas acheté de fringues ?* » Elle s'énerve. « *Tu ne penses vraiment qu'à l'argent. Moi je pense plutôt à toi. Depuis ce foutu confinement, tu as changé. Tu t'enfermes dans ta chambre, tu déprimes, et tu as des embrouilles de boulot. Tu as chopé le Covid du ciboulot* ».

En l'écoutant, je me rends soudain compte de deux trucs. C'est que non seulement je suis en train de renverser les rôles, puisque c'est elle qui me fait la morale et qui veut m'aider, alors que depuis 20 ans c'est mon rôle à moi. Mais en plus, je m'aperçois qu'elle a raison. Depuis deux mois, je pète grave les plombs, en grand huit, avec de grands hauts et des très bas. Alors j'accepte son nouveau rôle. « *Et selon toi, qu'est-ce que je devrais faire ?* » Elle est tellement surprise de ma réaction pondérée, qu'elle met un temps fou à me répondre, persuadée que je la remettrais à la place que je lui ai toujours réservée, finalement : celui de ma petite, toute petite fille. Puis elle se lance : « *tu en fais des tonnes, tout le temps. Tu veux être partout, au boulot, à la maison, avec ton amoureux, avec moi, avec tes copines. Et c'est pas possible. Tu te disperses et au bout du moment, tu te perds complètement. C'est ce qui t'est arrivé. Et maintenant, va falloir choisir. Tu vas trier, et virer ce qui t'intéresse le moins. Et moi, j'ai mon idée là-dessus* ». Du coup c'est moi qui suis séchée. La bougresse me connaît mieux que moi.

« *Et ce serait quoi cette idée ?* ». Vu mon air conquis, elle sait déjà qu'elle a gagné, et je sais déjà ce qu'elle va me répondre. « *Tu vas démissionner de ton poste de PDG. Sans quitter la boite, car je te vois mal en bobonne à attendre ton mari à la maison avec un fichu sur la tête et une serpillère à la main* ». J'ai envie de ça, depuis le début de cette histoire. Juste envie que les choses redeviennent comme avant, mais je sais aussi que ce n'est pas possible. C'est alors qu'elle monte au filet, et m'achève. « *Quand je suis parti pour ces vacances, j'ai emmené du boulot. Gabriel m'a confié un petit job. Il m'a demandé de bosser sur la communication de son team pour la prochaine saison et j'ai commencé à farfouiller, à me renseigner sur le milieu du rallye, que je ne connaissais pas du tout* ». Et là, elle me sort un épais dossier, avec des chiffres partout, des règlements, et un tas de paperasses. « *Le truc est simple : le team Levasseur pourra pas continuer comme ça. Cette année, la saison est morte à cause du confinement et ça ne repartira que l'an prochain. L'idée est simple : il y a un gros constructeur mondial qui cherche à retourner en rallye. Gabriel lui vend son team et les salariés sont sauvés* ». Et mon chéri à roulettes là-dedans, c'est lui qui va rester à la maison en agitant sa chiffonnette et en attendant que je rentre du coup ? « *Pas du tout, c'est lui qui va devenir PDG de ta boite, il en a large les compétences, il est copain avec le fondateur et se mettra les actionnaires dans la poche. Et toi tu retrouves ton poste et tes copines, comme avant. Et si la course lui manque, il s'autosponsorise pour quelques tours de piste, en gentleman driver* ». Je me dis que j'ai bien fait de l'envoyer à l'école, qu'elle a raison, qu'on va se charger toutes les deux de convaincre Gabriel et je l'embrasse. « *On se fait un petit cocktail ?* » J'appelle le serveur et lui demande le truc le plus sucré, le plus liquoreux et le plus écœurant qu'il a jamais osé coller sur sa carte et il n'hésite pas un instant. Deux minutes plus tard, il nous sert deux énormes Caipirinha qu'on s'entrechoque toutes les deux. Tchin-tchin.

42

Quand la pétasse carbure à toute vibrure

C'est beau, un hôtel de luxe, à la sortie d'un confinement. Surtout sa piscine de luxe, sa terrasse de luxe et ses transats de luxe. Car d'une part, Anna et moi sommes les seuls clients, et d'autre part, nos chambres, repas consos et légers, très légers, extras, sont pris en charge par un potentiel ailier droit du team à Dédé Deschamps. En attendant, on profite du joli soleil de juin avec le personnel entier aux petits soins et des cocktails de fruit qu'ils nous bricolent tout exprès. Sauf que le temps et les emmerdements finissent toujours par rattraper les lézardes. La liberté est une utopie. On court après comme sur un home-trainer dont on n'arrive pas à rattraper le tableau de commande. Pour les pragmatiques rigoristes que vous êtes, on va vous simplifier la métaphore : on n'est jamais libre. C'est ce que je me répète pendant que mon téléphone sonne et que s'inscrit sur l'écran le nom de Jean-Guy, Guyguy pour les intimes et ex-boss pour tout le monde. Je lui ai envoyé un dossier circonstancié, qu'Anna avait constitué, pour lui expliquer la démarche et la vente du team de mon chéri, et sa nomination au poste de PDG. Il m'avait répondu d'un simple hourra. Quant à Gab, il s'est contenté d'un plus modeste, « ouais, pourquoi pas, ce serait une nouvelle expérience. Je suis partant ».

Je décroche finalement mon tél avec une voix de suppliciée, mais il s'en fout, l'ex-boss : il hurle, en mode vénère. « *J'ai un problème* », crie-t-il dans mon conduit auditif qui n'avait plus subi autant de décibels depuis longtemps. « *Moi aussi : c'est ton niveau sonore* », lui rétorque-je d'une voix tellement calme qu'elle ferait déstresser le Dalaï-Lama s'il en était besoin.

Après une séance de radoucissement, il se lance. « *Voilà, Gabi veut bien lâcher son team pour prendre la direction de la boite, mais le constructeur repreneur qu'il a trouvé ne veut s'engager qu'après une période d'observation de deux rallyes, histoire d'évaluer la valeur du team. Du coup, Gabriel peut pas prendre la direction de la boite avant deux mois, moi je peux pas vendre mes actions et surtout, je ne peux pas acheter ce manoir du Larzac ou je compte bien cultiver des betteraves bio, alors que j'ai signé avec l'agence immobilière. Bref, c'est la mouise* ». Souvent, j'ai du retard à l'allumage, de la calamine dans la comprenette. Mais là, je ne sais pas si c'est la vue sur mer ou les cocktails, mais je carbure à toute vibrure. « *Ok. J'appelle Gabriel. J'ai un plan : il prend la direction de ta boite tout de suite et je fais l'intérim en m'occupant du team, le temps que les repreneurs signent. Mais à une seule condition : vous vous débrouillez ensemble pour financer mon nouveau projet pro, à la fin de cet intérim* ». J'entends un petit silence avant que le boss reprenne ses esprits et sa voix pro. « *Fort bien, pas de souci. Mais c'est quoi ce projet pro ?* »

Oui, au fait, c'est quoi mon projet ? Je gagne du temps. « *C'est un truc hyper révolutionnaire, mais tu comprendras que je ne peux pas en parler avant que tout soit boardé* ». Il comprend et me félicite de ma prudence de sioux. « *Bon, en attendant, je rentre, je réunis le team, je me mets en contact, avec les repreneurs et on se fait un call* ». Guyguy est happy et je raccroche.

C'est là, en me tournant vers Anna, en train de feuilleter un magazine féminin piqué à l'accueil que j'ai soudain une illumination. En une, un gros titre explique le spleen des filles de trente ans en un titre : « *non aux matchs Tinder, revenons aux vraies rencontres* ».

« *T'es malade ? Ça va pas, non ?* ». Je viens de lui arracher son canard des mains. L'article évoque le désir d'en finir avec l'industrialisation des rencontres, et le désir de revenir à de vrais coachs matrimoniaux. Et toutes les filles qui témoignent se plaignent de l'inexistence de ce concept en France. Ça y est, j'ai trouvé ma voie : je veux leur en donner du coaching matrimonial, mais pas à l'ancienne. Je serais la marieuse 4.0. Tu matches sur ton appli et tu vas prendre rendez-vous pour de vrai, mais avec chaperon pétasse dans tes basques qui vas te driver, te débriefer, t'encourager ou te faire fuir. Elles vont arrêter de déprimer les trentenaires célibs, c'est moi qui vous le dis, et surtout, qui va vous vendre ça comme personne. D'abord start-up, puis licorne, puis Gafa, je m'y vois déjà. Tremble Bezos, méfie-toi Musk, à la niche Gates.

43

Quand la pétasse maîtrise la dérive

Ils sont bien alignés, en rang, la casquette vissée et la combi serrée. « *Bon, pour commencer, vous allez bien mettre en avant nos sponsors, histoire que le repreneur se rende compte du fait qu'on chouchoute nos partenaires* ». Je suis au siège du team et j'ai réuni tout le personnel dans le garage, entre les voitures. J'ai tenu à me présenter d'une part, mais ils me connaissent tous par cœur, depuis le temps que je traîne entre les clés de 12. Surtout, je suis venue leur expliquer que je prenais la succession de Gabriel et que le repreneur, un constructeur japonais, nous envoyait un émissaire de Tokyo qui tient à farfouiller dans nos affaires avant de signer. Une fois mon petit speech terminé, j'ai congédié ce petit monde. Sauf deux pilotes.

« *Voilà les gars, pour impressionner notre nippon, j'ai décidé de lui offrir un baptême de piste. Je sais qu'avec un de vous deux, ce serait du gâteau, et vous pourrez le promener aussi par la suite. Mais avant tout, je voudrais l'emmener moi-même faire un tour de circuit.* » Et là je vois mes petits pilotes fluets (les pilotes sont toujours petits et pas très épais, comme les jockeys) qui lèvent les yeux au ciel. « *Je sais, c'est un métier, c'est le vôtre et pas du tout le mien. Mais je vous donne une heure pour m'apprendre les rudiments* ». Pourquoi piloter moi-même une auto du Championnat du monde WRC inconduisible devant ce type ? Pour trois raisons : je suis la patronne et une femme qui pilote. Deux trucs difficiles à comprendre pour un Japonais et deux trucs qui pourraient bien le déstabiliser avant qu'on négocie tous les deux.

Pour l'instant, je suis dans le baquet passager, sanglée dans mon harnais, le casque sur la tête et une espèce de protège-nuque sur les épaules. Impossible de bouger mon corps et même de tourner la tête. Je ne sais pas comment fait le pilote à côté de moi pour manœuvrer, mais deux secondes après le départ, on en train de frôler les arbres à 160 km/h sur la piste, juste derrière les locaux du team. Le pire, c'est qu'il me regarde et me parle comme si on prenait le thé dans mon salon. « *Alors là, dans ce virage, tu laisses glisser la voiture. C'est pas la peine de regarder la route par le pare-brise. Comme on est en travers, tu vois la sortie du virolo par la portière. C'est par là que tu te diriges. Un filet de gaz dès la corde, un petit coup de volant et tu reprends du grip. Simple* ». T'as raison, Edmond, ça m'a l'air facile comme un créneau devant le Leclerc Drive. Après deux tours, 67 chênes frôlés, 45 virages vus de ma portière, 78 chocs de mon casque contre l'arceau de sécurité, c'est à moi de jouer. « *Et n'oublie pas le freinage dégressif : tu enfonces la pédale à fond, tu tournes le volant d'un petit coup sec, tu colles l'auto en dérive et tu relâches doucement la pédale.* » Évidemment Armand, je vais tricoter des gambettes sur le pédalier et envoyer trois rapports à la volée comme une gueudin, tu penses bien.

On a échangé nos places et c'est parti. En fait, je suis la championne des lignes droites, le seul endroit d'une piste où j'ai la bonne trajectoire. Car au premier virage, la voiture est en vrac et je ne sais plus où est l'avant. Quant à l'arrière, il est aux objets perdus. Presque aussi larguée que mon petit pilote qui tente de garder une contenance sous son casque. En vrai, il est mort de trouille. Alors il répète des espèces de mots clés. « *Freins, dégressif, corde, gaz, portière* », mais il n'en croit pas un mot. Je suis sûre que pour se rassurer, il se remémore tous les accidents de courses où des types sont sortis miraculeusement d'une auto en feu ou d'un bolide en miettes après des chocs à 260 km/h.

Et puis, juste avant que mon fluet ne perde ses derniers centilitres de transpiration, un miracle se produit : j'ai réussi à enchainer deux virages presque parfaits. La bonne glisse au bon moment, le bon coup de gaz pour sortir de la courbe maudite et le coup de catapulte jusqu'à la suivante, négociée tout aussi brillamment. Soulagé, le pilote instructeur en profite « *C'est très bien. Ce que tu peux faire quand il va se pointer, c'est te faire la ligne droite, enchainer les deux virages et rentrer au stand tranquillement par la contre piste réservée aux pompiers.* » Pourquoi pas ? Après tout, du moment que j'ai impressionné mon interlocuteur, l'affaire est pliée. En rentrant au stand à une vitesse autorisée même en zone 30, je vois un type en costard noir debout devant le stand. Il est déjà arrivé.

44

Quand la pétasse entreprend des négociations internationales

Ne me faites pas écrire ce que je ne veux pas écrire. Haruki, car mon repreneur japonais s'appelle Haruki, n'est pas d'une jolie couleur bilieuse à cause de son origine, mais de son tour de circuit avec moi. J'ai tout donné et il n'a pas moufté. Seul ce léger changement de couleur traduit sa totale non-indifférence. Sinon, le gars est plus zen qu'un lampadaire. Impossible de lui arracher un sourire ou un rictus. Il ne dit rien, n'exprime rien. Alors moi, j'en rajoute pour le décoincer. Dès le départ, je lui ai proposé de visiter les ateliers, les bureaux, le paddock et j'en fais des tonnes et tout le team est avec moi. J'ai l'enthousiasme en bandoulière et l'optimisme en béton armé, mais rien à faire : Haruki c'est l'insubmersible du soleil levant. Alors je me dis que c'est mort. Je me projette le film noir. Le repreneur qui ne reprend rien, Gabriel qui n'a pas le choix et continue de diriger son équipe, Jean-Guy qui ne lâche pas l'affaire et moi qui retourne au bureau.

En détachant le harnais de mon Haruki, je me résigne à ma vie morne en attendant une retraite qui le sera tout autant. Le petit pilote lui enlève son casque et son protège-nuque et je m'apprête à le ramener vers son staff qui l'attend en bord de piste, puis vers sa voiture, puis vers son avion, puis vers le Japon. Bye-bye le gros chèque d'Haruki, bye-bye mes rêves d'entremetteuse virtuelle. Mon japonais en costume noir se dirige vers la troupe d'autres Japonais en costumes noirs. Et il leur parle. C'est même la première fois que j'entends sa voix. Les trois autres retournent dans leur voiture noire, et voilà que l'Haruki revient sur ses pas et se dirige vers moi. Il me prend par le bras pour que l'on s'éloigne du groupe. « *Écoutez, je pense que j'en ai assez vu ma chère madame* ». Non seulement je sens que c'est cuit et recuit, mais en plus il me dit ça dans un français impeccable.

« *Voyez-vous, je ne pense pas qu'il soit nécessaire d'aller au bout de la période d'observation dont nous avions convenue* ». Haruki finit de m'achever dans son français pointu. « *Alors ce que je vous propose, c'est de signer immédiatement. Mes avocats vont vous transmettre les contrats, mais en attendant, je souhaiterais simplement recevoir votre accord verbal. Ce que j'ai vu ici est plus qu'encourageant. L'énergie dont vous faites preuve et la motivation de vos équipes font que je suis enclin à penser que ce team va vivre de grands défis et les relever* ». Il veut mon accord verbal Haruki ? Il veut que je lui dise oui ? Que je lui serve la louche ? Alors moi je me jette à son cou et lui cloque deux bises. C'est encore plus sûr. C'est ainsi que pour la première fois, je m'aperçois qu'un Japonais peut avoir le rouge au front. Il s'incline vers moi tout en me tendant sa carte de visite et s'en retourne vers ses sbires en noir et sa voiture de la même couleur. Mais avant de claquer sa portière, il se tourne une dernière fois vers moi. « *Mais jurez-moi de ne pas piloter en course. Laissez ces jeunes hommes pleins de talent exercer leur métier. Les femmes ont toute leur place dans la course automobile, comme les hommes ont toute leur place dans haute couture. Reste que toutes et tous n'ont pas le niveau qui convient. Quant à vous, votre haut niveau trouvera certainement à s'exprimer ailleurs. D'ailleurs, tenez-moi au courant de vos projets. Ils m'intéressent de près et nous sommes toujours à la recherche de nouveaux investissements* ».

Je souris en agitant la main pendant que la voiture noire s'éloigne. Mais en même temps, je suis un tantinet vexée du manque de reconnaissance de mes talents de pilotage. En regagnant mon bureau, qui était celui Gabriel avant d'être le mien et qui va devenir celui d'un japonais qu'Haruki va dépêcher ici, j'envoie un SMS à mon ex-team manager à roulettes. « *Tu crois que tu serais doué pour dessiner des vêtements de haute couture ?* ».

45

Quand la pétasse crée sa boite

C'est quoi cet attroupement ? J'ai l'impression que la petite rue où j'habite est totalement bouchée. Y en a partout. Des petites sans toit, des sportives, des grosses limousines, des SUV malencontreux et des 4X4 aventureux. Toute l'allée est jonchée de bagnoles. Il doit y avoir un congrès de garagistes chez le voisin. J'arrive quand même à me frayer un chemin et à me garer devant ma maison, un poil fourbue par ma négo de haut vol, et ravie d'annoncer la bonne nouvelle à Gabriel.

Mais vu le boucan dans le jardin, le congrès se déroule bien chez moi. Ils sont partout. Sur la terrasse, dans le salon, la cuisine et la pelouse. S'ils sont nombreux ? C'est le Woodstock de l'amitié : tous, absolument tous ceux que je connais sont là. Le team au grand complet se chamaille à coups de champagne (une habitude), Haruki mort de rire, une bière à la main, est en pleine discussion avec Jean-Guy qui essaie de le convaincre des bienfaits de la betterave. À côté, Soso, chefaillon, Darjeeeling et Irène retrouvent les pilotes. Plus loin, mon psy pseudojournaliste de la clinique Ramsay discute avec Anna et son footballeur du mental des sportifs pendant que Gabriel drifte entre les invités avec son plateau de verres à la main. Même Nordine s'est pointé avec son service de thé à la menthe.

Moi, je suis plantée là, à l'entrée du jardin avec mon sac à la main. Ils ne m'ont pas vu. Heureusement. Car je suis debout, je les regarde, raide comme un piquet, raide comme une conne qui pleure tout ce qu'elle peut. Impossible de m'arrêter. C'est comme si je versais toutes les larmes que je gardais pendant tous ces mois, et qu'elles n'attendaient que cet instant précis pour sortir. Je ne m'en prive pas. C'est le Niagara lacrymal. Je n'arrête plus. Petit à petit je souris, et je pleure en même temps. Une main m'attrape par l'épaule. Gabriel m'a vue. Il a contourné la maison pour s'approcher de moi, doucement. « *Pleure, dit-il. Pleure tout ce que tu peux. C'est fini. Tu évacues tous tes malheurs, toutes tes tristesses, tout ton mal-être. C'est pratique les larmes, ça emporte tout : la dépression, le confinement, les problèmes d'argent, de boulot et de cœur. C'est magique.* » Et je pleure encore plus, dans ses bras cette fois.

Le T-shirt de mon mec est trempé, et moi j'en ai fini avec les larmes, et avec cette putain de tristesse et d'envie de rien qui me tenaillait. Je lui glisse à l'oreille de rejoindre les autres et que j'arrivais tout de suite. Il retourne dans le jardin pendant que je passe dans la salle de bain. Dix minutes plus tard, je débarque sur la terrasse, feignant la surprise. Et voilà que quarante personnes interrompent leur conversation, et se tournent vers moi pour m'applaudir. Quand je leur demande pourquoi, je vois Anna qui me rejoint, avec une bafouille à la main. Mon Dieu, c'est comme dans un mariage ou un anniversaire. Après le discours je vais avoir droit à la vidéo d'hommages et aux vieilles photos. Ça y est, le sarcasme et le cynisme me reprennent. C'est que je suis guérie. Surtout ne rien dire, ne pas gâcher la fête. Anna entame son discours. « *Chère mam. Tu nous as inquiétés, mais aujourd'hui tu nous as rassurés. Voilà. C'est de l'esprit de synthèse ou je m'y connais pas. Champagne* ». Et elle se jette dans mes bras.

Soso, Irène, Cheffaillon et Darjee nous rejoignent. « *Je me présente : directrice opérationnelle de Meetyou* ». Cheffaillon enchaine, « *directeur des services informatiques de Meetyou* », Irène continue « *directrice du marketing de Meetyou* » et Darjee conclue « *directeur-trice de tout ce que tu veux de Meetyou* ». Nrodine arrive en courant tout essoufflé : « *directeur de l'accueil et du thé à la menthe de Meetyou* ». Mais voilà que du fond du jardin, Haruki et Jean-Guy déboulent eux aussi : « *actionnaires majoritaires de Meetyou* ». Ma boite est créée, ma déprime s'est barrée, mes amis aussi sont sacrément barrés pour rejoindre ma nouvelle boite totalement floue de « *rencontres virtuelles, mais pas que* ». À côté de moi, Gabriel me tient la main. « *Tu as déjà débauché mes meilleurs cadres. Va falloir que je me méfie.* »

C'est lui qui a goupillé tout ça en douce. C'est lui aussi qui s'est chargé de convaincre le groupe d'Haruki de signer et même de trouver le nom de ma boite. J'aime pas ça. Je me sens dépossédée de mon bébé. Mon spy-journaliste s'en est aperçu. « *Laisse faire, me glisse-t-il et ne t'inquiète pas. Pour que la boite tourne, il n'y a que toi qui puisses y veiller. D'ailleurs, dis-moi. J'ai rendez-vous demain avec une infirmière de la clinique avec laquelle j'ai matché sur ton appli. Tu veux pas m'accompagner ?* » Darjee n'en perd pas une miette. « *Moi, c'est samedi, avec un garçon beau comme un dieu. Mais je me méfie de moi. Tu viens avec moi ?* ». Quant à Soso, elle a cinq matchs en attente et compte sur moi pour faire le tri.

J'arrête la meute dans son élan. « *La maison Meetyou est en congé jusqu'à demain matin. D'ici là, j'ai quelques heures sup à faire pour mon compte perso et mon gros match à roulettes* ». Et je chope les poignées du fauteuil de Gabriel que j'entraîne vers la chambre.

Table des matières

ISBN : 978-2-81220-423-4
222, Boulevard Pereire - 75017 Paris
www.ramsay.fr

Réalisation : Ramsay Médias, Romorantin (41)
Imprimé en France par CPI (173088)
Dépôt légal à parution